정우성이 만난
난민 이야기

내가 본 것을 당신도 볼 수 있다면

If you could see what I have seen

원더박스

저는 2016년 유엔난민기구 친선대사로 정우성 씨를 처음 만났습니다. 그해 내전으로 시리아를 떠난 난민의 수는 500만 명이 넘었습니다. 수많은 사람들이 지중해를 통해 유럽으로 향하는 위험한 여정에 오르면서 난민들의 어려움이 국제적으로 조명을 받았습니다.

정우성 친선대사가 방문한 레바논은, 작은 국가이지만 100만 명 가까운 시리아 난민을 수용하고 있습니다. 그의 방문으로 레바논과 같은 인접국과 지역 사회의 관대함과, 이들이 이토록 막중한 임무를 수행하기 위해 반드시 국제적 지원이 필요하다는 사실 또한 환기되었습니다.

레바논 방문 후 제네바 본부에 들른 정 친선대사는 전 세계의 내전과 박해로 어려움에 처한 난민과 집을 잃은 사람들에 대한 깊은 우려를 표시했습니다. 동시에 현장에서 일하고 있는 유엔난민기구 직원들에 대한 존경심을 나타냈습니다. 저는 그의 헌신과 책임감에 깊은 영감을 받았으며, 그가 우리 기구를 위해 활동하고 있는 사람 중 하나라는 사실이 기뻤습니다.

미얀마, 베네수엘라, 예멘 그리고 남수단 등에서 계속되는 위기 상황들로 인해, 오늘날 강제로 집을 떠난 사람은 계속해서 늘어나고 있습니다. 사상 최대인 6,800만 명이 넘는 사람들이 국경을 넘어 난민이 되거나 국경 안에서 실향민이 되었습니다.

전 세계 난민의 절대 다수(약 85퍼센트)는 인접국에 남아 있습니다. 이들 중 일부는 안전과 삶을 재건할 기회를 찾아 절박한 여정을 선택하기도 하며, 이 여정은 때때로 대규모 분쟁 지역으로부터 비교적 멀리 떨어진 한국과 같은 나라로 이들을 데려다 주기도 합니다.

정우성 친선대사는 지난 2018년, 자신의 국가인 한국의 사람들에게 난민 문제를 알리는 데 중요한 역할을 했습니다. 제주도에 도착한 예멘 난민 신청자들로 인해 발생한 상당 규모의 논란 앞에서도 마찬가지였습니다. 지금도 그렇듯, 그때 저는 그가 난민과의 연대와 보호에 대한 원칙과 가치를 옹호하기 위해 보여 준 용기와 헌신 그리고 책임감에 존경심을 느꼈습니다.

오늘날, 분쟁이 반복되고 심화되며, 편협이 확대되고, 전 세계 곳곳에서 난민과 이주민에 대한 여론이 분열된 양상을 보이고 있습니다. 난민과의 연대와 보호에 대한 원칙이 그 어느 때보다도 중요한 시기입니다.

우리는 수십 년간의 경험을 통해, 난민의 발생은 국제 사회의 협력과 책임 분담에 기반하여 원칙적이고도 현실적으로 대응한다면 충분히 관리될 수 있다는 것을 알게 되었습니다. 적절한 정책과 지원이 있다면 난민은 자신을 수용한 국가의 경제와 사회에 기여할 수 있을 것입니다. 또한 그들은 기술과 전문성의 계발을 통해 종국적으로는 고국으로 돌아가 국가 재건에 기여할 수 있을 것입니다.

정우성 친선대사를 비롯하여 난민 문제에 기여하고 있는 사람들의 활동은 난민의 어려움을 알리는 것뿐 아니라 이들의 잠재력에 대한 대중의 인식 제고를 위해서도 중요한 역할을 하고 있습니다. 지난 5년 동안 그가 유엔난민기구와 함께한 네팔, 남수단, 레바논, 이라크, 방글라데시, 지부티 그리고 말레이시아로의 여정은 참으로 감동적입니다. 그의 이야기를 잘 읽어 주시기 바랍니다. 그의 이야기를 통해 여러분이 소속된 사회에서 그리고 국제적으로 난민의 곁에서 행동할 용기를 갖게 되길 바랍니다.

필리포 그란디
유엔난민기구 최고대표

I first met Woo-sung in 2016, in his capacity as Goodwill Ambassador for UNHCR. In the course of that year, the number of refugees who had fled the conflict in Syria had passed the five million mark, and many had embarked on dangerous journeys across the Mediterranean to Europe, propelling the plight of refugees into the international spotlight.

Woo-sung's visit to Lebanon, a small country that has received almost a million Syrians, helped draw attention to the generosity of refugee-hosting countries and communities neighbouring Syria, and the need to step up international support to help them shoulder this enormous responsibility.

Stopping by our Headquarters in Geneva after his visit, he shared his deep concern about the plight of refugees and others uprooted by conflict and persecution around the world, as well as his admiration for the UNHCR teams on the ground. I was deeply impressed by his dedication and commitment, and pleased to have him as one of our advocates.

Today, the number of people forcibly displaced around the world continues to grow, fuelled by crises in countries such as Myanmar, Venezuela, Yemen and South Sudan. Some 68.5 million people are now displaced across borders as refugees, or within their own countries – a record number.

The vast majority of the world's refugees – some 85% – remain in countries neighbouring their own. Some, however, embark on desperate journeys in search of safety and the chance to rebuild their lives – journeys which lead them to countries which are relatively remote from the world's major conflict zones, such as South Korea. In 2018, Woo-sung played an important role in raising awareness of the refugee cause amongst people in his own country, including in relation to the arrival of Yemeni asylum-seekers in Jeju Island, which had sparked considerable public debate. Then, as now, I admired his courage, dedication and commitment to the principles and values of solidarity and protection for refugees.

Today, these principles are more important than ever, as conflicts recur and deepen, intolerance is on the rise, and the public debate around refugees and migrants has become more divisive in many parts of the world. Over the decades, experience has shown that refugee flows can be managed through principled, yet practical approaches, founded on international cooperation and responsibility sharing. With the right policies and support in place, refugees have the potential to contribute to the societies and economies of the countries hosting them – and develop skills and expertise that can eventually help them rebuild their own countries when they are able to go back home.

The work of Woo-sung, and other prominent supporters of the refugee cause, is vital in raising awareness of the plight of refugees, and also their potential. His journey with UNHCR, which has taken him to many refugee situations around the world over the past 5 years, including Nepal, South Sudan, Lebanon, Iraq, Bangladesh, Djibouti and Malaysia, is truly inspirational. I hope you will enjoy his story – and also be encouraged to take action in solidarity with refugees, in your own community and globally.

Filippo Grandi

United Nations High Commissioner for Refugees

지난 1년간, 구체적으로는 2018년 5월 자국의 내전을 피해 제주로 들어온 예멘인들의 소식이 본격적으로 언론의 조명을 받기 시작한 후, 우리 사회의 난민 문제에 대한 관심이 급격히 높아졌다.

유엔난민기구UNHCR의 활동을 하며 이야기가 어느 정도 쌓이면 책을 출간하겠다고 생각은 해 왔지만, 이런 상황에서 책을 내게 될 줄은 미처 예상하지 못했다.

2014년부터 유엔난민기구 활동을 나름 열심히 해 왔지만, 주변에는 유엔난민기구 혹은 UNHCR이라는 조직의 이름을 정확히 아는 사람이 오히려 소수였다. 난민 문제라는 게, 유엔난민기구의 활동이라는 게 그만큼 우리의 일상과는 어느 정도 거리감이 있었다는 방증일 것이다.

그런 상황에서 제주도에 갑자기 들어온 500여 명의 예멘 난민을 두고 우리 사회가 화들짝 놀란 것은 충분히 이해할 수 있는 문제였다. 나 역시 유엔난민기구의 미션으로 세계 각처의 난민촌을 방문할 때마다 '과연 이들을, 이 문제를 우리 사회가 받아들일 수 있을까?' 자문하곤 했기 때문이다.

누구라도 난민촌에서 난민들을 만나 직접 그들의 이야기를 듣는다면, 그들을 도와야 한다는 사실과 유엔난민기구의 역할에 대해 의문을 품지 않을 것이다. 하지만 그 기회가 누구에게나 보장되는 것은 아니다. 이런 측면에서 내게는 무척 큰 행운이 주어졌다고 생각한다. 그 행운을 통해 그들을 만나면서 난민에 대한, 난민 문제에 대한 내 의식이 조금씩 확장되어 감을 느꼈다. 난민의 인권을 보호하고, 그들에게 인도주의적 지원을 해야 한다는 것은 이제 내게는 의심의 여지가 없는 명제다.

하지만 내가 이런 확신을 갖기까지 특별한 경험과 시간이 필요했음을 알기에, 이런 생각을 섣불리 강요하는 것 역시 경계해야 한다고 생각한다. 지금 우리에게 필요한 것은 충분한 대화이며, 이 책 역시 그 대화의 일부이길 바란다.

유엔난민기구 친선대사로 난민 캠프를 방문해서 내가 주로 하는 일은 그들의 이야기를 듣는 것이다. 현장 활동가들의 이야기를 듣고, 현장을 둘러보고, 그곳에 사는 난민들의 이야기를 듣는다. 비슷한 일을 반복하는 것 같지만, 단 한 번도 반복된다는 느낌을 받은 적이 없다. 하나하나의 사연에는 경중을 갈라 분류할 수 없는 무게감이 있었다.

이라크 쿠슈타파 난민 캠프에서 만난 호다가 생각난다. 얼굴 반쪽이 화상으로 심하게 상해 있던 소녀. 캠프에 있는 동안 호다는 줄곧 내 옆을 따라 다녔다. 손을 꽉 잡고 함께 걷기도 했다. 우리는 직접 대화를 나눌 수는 없었지만 호다의 온화하고도 강렬한 눈빛은 내게 많은 말을 건네는 것 같았다.

"나를 연민할 필요는 없어요. 좀 불편하기는 하지만 여기서 나름의 일상을 살아가고 있으니까요. 나는 더 나은 내일을 꿈꾸고 있어요. 하지만 이것만은 부탁해요. 나 하나가 아니라 이곳 전체가 겪고 있는 이 상황을 잊지 말고 꼭 바깥 세상에 알려 주세요."

난민 캠프를 방문하고 돌아올 때마다, 내가 경험한 것, 내가 들은 이야기를 어떡하면 더 잘 전달할 수 있을까 고민한다. 언론 인터뷰 등을 통해 현장 상황을 알리기도 하지만 늘 부족한 느낌이다. 이 책을 통해 그 부족함을 조금이나마 보완할 수 있다면 좋겠다.

그럼 이제 내가 유엔난민기구 친선대사 활동을 통해 만난 난민들과 그 주변의 이야기를 본격적으로 전하겠다. 이를 통해 이들 역시 우리와 닮은 그저 평범한 사람들이라는 사실이 전달되었으면 한다. 난민은 평범하지 않은 상황에 놓인, 평범한 사람일 뿐이다.

오늘도 평범하지 않은 일상을 견디고 있는 난민들과 난민 문제를 해결하기 위해 노력하고 있는 이들에게 이 책을 바친다.

2019년 6월

유엔난민기구 친선대사, 배우

정우성

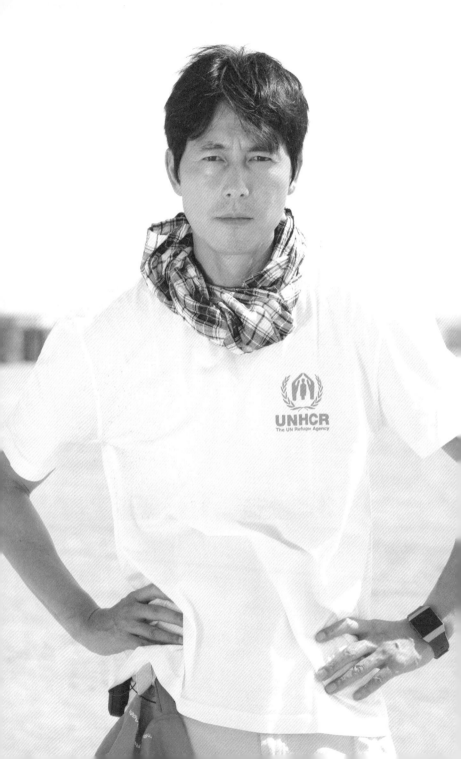

차
례

prologue

2014년 5월 15일, 유엔난민기구 한국대표부와 명예사절Honorary Advocate 임명 협약을 맺었다. 유엔난민기구 한국대표부가 문을 연 게 2001년인데, 연예인을 명예사절로 임명한 것은 처음이라고 했다.

언젠가 기회가 된다면 남을 돕겠다고 생각은 해 왔지만, 그저 막연한 수준이었다. 처음 유엔난민기구로부터 제안을 받았을 때 조금은 당황스럽기도 했다. '다른 사람도 많은데 왜 하필이면 나한테?'

하지만 고민은 길지 않았다. 거창한 명분을 찾았다기보다는 딱히 거절할 이유를 찾지 못했다는 게 솔직한 답일 거다. '그래, 지금 아니면 언제 하겠어.' 오케이 사인을 보냈다. 나중에 들으니 유엔난민기구 측에서도 내가 그렇게 빨리 제안을 수락할지 몰랐다고 한다.

중학생이던 1986년, 서울의 사당동 달동네에 살고 있었다. 어느 날부터인가 포클레인이 아랫동네부터 집을 하나하나 부수며 올라왔다. 나중에 들으니 그것을 경관 정화 사업이라 불렀다고 한다. 올림픽을 앞두고, 다른 나라 사람들에게 보이기 흉하다며 판잣집들을 깨끗하게 밀어 버렸던 것이다. 우리 동네만 그랬던 것도 아니었고, 나중에 알고 보니 우리나라에서만 그랬던 것도 아니었다.

철거촌 이야기를 하면, 철거 깡패가 몰려와 담벼락을 부수고 유리창을 깨고 그것을 막기 위해 저항하며 울부짖는 상황을 떠올리는 사람도 있을 것이다. 하지만 내가 겪은 상황은 그런 게 아니었다.

저항조차 할 수 없는 사람들이 있다. 이미 아랫동네에서 한바탕 싸움이 일어났지만, 그나마 싸울 힘이 있는 사람들의 일이었다. 힘이 없는 사람일수록 더 높은 곳에 살았다.

아랫동네에서의 상황은 정리되었고, 우리는 그저 높은 곳에서 순서를 기다릴 수밖에 없었다. 딱히 갈 데가 없으니 버틸 수 있을 때까지 버티는 수밖에. 전기가 끊기더니 이내 물도 끊겼다. 한 집 한 집 부수며 올라오던 포클레인은 결국 옆집 담까지 무너뜨렸다. 무너진 담 사이로 골목이 보이는 순간, 발가벗겨진 느낌이었다.

결국 동네를 떠났다. 하지만 새로 옮겨 간 곳에서도 오래지 않아 포클레인을 봐야 했다. 그때는 세상이 온통 우리를 괴롭히기만 하는 것 같았다. 그 앞에서 무력할 수밖에 없었던 스스로가 창피하기만 했다.

뭐해? 성공하면 남들 돕고 산다며?

배우가 되고 입에 풀칠은 하게 된 이후로 드문드문 그 시절 기억이 떠오르면 '성공하면 남들을 도와야지.' 하는 생각을 하곤 했다. 재단 같은 것을 만들면 좋겠다는 생각도 했다. 덮어놓고 '아이재단'이라는 이름부터 지었다. 아이들 할 때 '아이', 영어로 나를 가리키는 '아이', 중국말로 사랑이라는 뜻의 '아이'. 이름은 거창했지만, 그저 주변 사람들과 조그만 것을 나누며 돕고 살고 싶다는 소박한 계획이었다.

너무 소박해서였을까? 아니면 내 딴에는 아직 더 성공해야 할 수 있는 일이라며 미루고 있었던 것일까? 일상이 바쁘다는 이유로 한동안 그 꿈을 잊고 살았다.

유엔난민기구의 제안은 이런 내게 '뭐하고 있어? 성공하면 남들 도우면서 살겠다며 재단 이름까지 지어 놓더니… 지금 뭐하고 있는 거야?' 하는 목소리로 다가왔다.

난민을 위한 활동을 시작하는 것은 문제가 아니었다. 다만, 이 일을 잘할 수 있을 것인가, 제대로 해낼 수 있을 것인가가 문제였다. 유엔이라는 이름이 맨 앞에 오는 국제기구에서 활동한다는 건 꽤나 부담되는 일이었다. 무엇을 해야 하는가는 둘째 치고, 본업 때문에 바쁘다는 핑계로 활동을 소홀히 하게 될까가 걱정이었다. 이름만 걸어 놓는 식의 활동은 하고 싶지 않았다. 하기로 했다면 제대로 하고 싶었다.

유엔난민기구를 통해 알게 된 사실

솔직히 제안을 수락할 때만 해도 난민에 대해 자세히 알지는 못했다. 본격적인 활동을 앞두고 난민에 대한 자료를 살펴보다가 깜짝 놀랐다. 전 세계적으로 4,500만 명이 넘는 사람들이 전쟁 등을 이유로 강제로 이주하는 바람에 보호를 받아야 하는 처지에 놓여 있다는 내용이었다. 최근 자료를 찾아보니 이제 그 수는 7,000만 명에 이르고 있다. 7,000만 명이면 태국 인구와 맞먹고, 영국이나 프랑스 인구보다 많은 수다. 또한 유엔난민기구의 보호 대상자 수가 내가 활동한 지난 5년 사이에 무려 2,500만 명이나 증가했다. 2,500만이면 북한 인구와 비슷한 규모다. 게다가 이들의 절반은 어린이고, 여성과 노인 비중도 높다. 웬만한 국가 규모의 사람들이 국가라는 보호 장치 없이 세상에 내던져지고 있다. 유엔난민기구가 존재하는 건 바로 이들을 보호하기 위함이다.

여기서 잠시 유엔난민기구와 유엔난민기구의 보호 대상자에 대한 설명이 필요할 것 같다. 5년째 유엔난민기구 활동을 하고 있지만, 내 주변에만 해도 유엔난민기구에 대해 제대로 아는 사람이 별로 없다. 내가 더욱 열심히 활동해야겠다는 생각도 들지만, 그 개념 자체가 어려운 탓도 있을 것이다.

유엔난민기구의 정식 명칭은 유엔난민고등판무관사무소The office of the United Nations High Commissioner for Refugees, UNHCR 다. 명칭이 워낙 어렵다 보니 좀 더 쉽게 The UN Refugee Agency 라고도 하며, 우리나라에서는 이를 번역하여 유엔난민기구라는 이름으로 활동하고 있다.

유엔난민기구는 1950년 유엔총회의 결의로 설립되어, 1951년 1월 1일부터 업무를 시작하였는데, 주 업무는 제2차 세계 대전으로 터전을 잃은 수백만 명의 사람들을 돕는 일이었다. 처음에는 3년간 한시적으로 시작된 일이었는데, 세계적으로 새로운 난민이 계속 발생하면서 그 기간이 계속 연장되다가 2003년 유엔 총회를 통해 상설 기구가 되었다. 제2차 세계 대전의 수습 차원에서, 3년이면 가능할 거라고 생각하고 시작한 일이 지금까지 이어지고 있다는 사실이 시사하는 바가 매우 크다.

난민? 보호 대상자?

난민을 둘러싼 개념도 조금 복잡하다. 기본적으로 난민은 '인종, 종교, 국적, 특정 사회집단의 구성원 신분 또는 정치적 견해를 이유로 받는 박해를 피해 자신의 나라를 떠날 수밖에 없었던 사람'이나 '분쟁 혹은 일반화된 폭력 사태로 인해 고국을 떠나 돌아갈 수 없는 사람'으로, 일정한 기준에 따라 '난민'으로 인정받아야 한다.

위와 같은 이유로 자신의 터전을 떠나기는 했는데, 아직 국경을 넘지 못하고 자국 내에 머물러 있는 사람은 난민이 아닌 '국내 실향민'으로 분류한다.

또한 국경을 넘었다고 해도 일정한 절차를 거쳐 난민 신분을 인정받아야 하는데, 아직 결정을 기다리고 있는 사람들도 있다. 이들은 '난민지위신청자' 혹은 '난민비호신청자'라고 불린다.

앞서 말한 7,000만 명에 이르는 보호 대상자 중 4,000만 명가량이 국내 실향민이고, 엄격한 의미의 난민은 2,000만 명 정도다.

이 세 분류 외에도 고국이나 고향으로 돌아간 난민 혹은 국내 실향민을 뜻하는 '귀환민'(고향으로 돌아간다고 바로 일상으로 복귀할 수 있는 건 아니다. 이미 파괴된 터전이라 여전히 보호와 지원이 필요하다.), 어떤 나라에서도 국적을 인정받지 못한 '무국적자', 그리고 위 분류에 속하지는 않지만 보호가 필요한 '기타 보호 대상자'도 유엔 난민기구의 보호 대상자에 포함된다.

경우에 따라서는 난민이라는 표현으로 이 모두를 포괄하기도 한다.

경우에 따라서는 난민이라는 표현으로 이 모두를 포괄하기

알고 보면 우리 모두 난민의 후손

우리에게 난민 문제가 낯선 것은 사실이다. 하지만 조금만 생각해보면 우리부터가 난민의 후손임을 알 수 있다. 6·25전쟁으로 600만 명이 넘는 피란민이 발생했다. 이북에서 내려온 실향민, 전쟁으로 부모를 잃고 거리로 내쳐진 아이들은 앞서 말한 기준으로 정확히 '국내 실향민'에 해당한다.

실제로 6·25전쟁 당시 유엔군은 우리나라에 유엔군을 파견하였고, 한국의 재건이 외부의 도움 없이는 힘들어 보이자 유엔한국재건단UN Korea Reconstruction Agency, UNKRA을 설립해 우리를 도왔다. 유엔한국재건단은 현재 유엔난민기구가 난민과 국내 실향민을 위해 펼치는 활동과 비슷한 일을 이곳에서 행했다. 교통, 통신, 주택, 의료, 교육 시설 재건과 복구 등 다양한 일을 했지만, 무엇보다도 전쟁으로 집을 잃은 실향민들을 보호하고 지원하는 것이 주된 업무였다.

좀 더 멀리 가 보면 일제의 국권 침탈로 나라를 잃은 우리 민족 모두가 당시에는 난민이었다. 특히 독립운동가들은 일제의 무

단통치로 인해 더 이상 한반도 안에서 독립운동을 할 수 없어 만주, 연해주, 상하이 등으로 떠나야 했다. 그곳에서 우리의 할머니, 할아버지는 중국인과 러시아인 심지어는 일본인에게 도움을 받았다. 상하이 임시정부도 프랑스 조계 안에서 프랑스 경찰의 보호를 받지 않았다면 일본 경찰의 손에 어떻게 되었을지 모른다. 그렇게 생판 남이었던 우리를 도와준 다른 나라 사람들이 있다.

내가 난민 문제에 더욱 관심을 갖는 것에는 이러한 우리 역사의 배경도 중요한 계기가 되었다. 이제는 우리 대한민국이 당당한 국제 사회의 일원으로서 그런 도움을 되갚아야 할 때라고 생각한다.

이미 우리 곁에 함께하고 있는 난민들

사실 난민이라는 단어가 조금 낯설 뿐, 피란민, 실향민, 탈북민 등 비슷한 처지를 일컫는 익숙한 말을 우리는 이미 많이 알고 있다. 전쟁의 포화, 정권의 탄압, 갈등과 폭력, 기아와 질병, 이런 고통에 둘러싸여 자신의 터전을 떠날 수밖에 없는 이들을 떠올리는 건 그렇게 어려운 일이 아니다.

2018년 봄 제주도로 몰려든 500여 명의 난민 신청자 소식에 많은 분들이 놀랐지만, 우리나라는 이미 1992년 유엔난민협약 가입국이 되어 1994년부터 난민 신청을 받아 왔다. 2013년에는 아시아 국가로는 최초로 자체 난민법을 제정하기도 했다. 법무부 자료에 따르면 2017년까지 누적 총 3만 2,733명의 난민 신청자가 있었고, 2017년 말 기준으로 1만 9,424명을 심사 완료하여, 이중 792명을 난민으로 인정하고 1,474명에게 인도적 체류를 허가했다. 예멘인들이 제주 땅을 찾기 전에도 이미 우리는 2,000명 이상의 난민에게 환대의 인사를 건네 왔다.

2018년 6월을 기점으로 난민 수용 반대 여론이 높아지지 않았냐며 걱정하는 분들도 많지만, 유엔난민기구 한국대표부에 대한 개인 후원은 그러한 논란 속에서 오히려 늘어났다고 한다. 따뜻한 대한민국 국민들의 마음을 다시 한 번 확인하게 되는 소식이다.

하지만 우리의 관심과 지원이 늘어나는 속도가 난민이 늘어나는 속도를 따라잡지 못하고 있는 게 현실이다. 더 많은 사람들이 난민의 어려움을 이해하고 그들의 말에 귀 기울이고 그들에게 손길을 내밀 수 있기를 바란다.

물론 근본적으론 이미 발생한 난민에 대한 보호와 지원보다 중요한 것이 그런 난민이 발생하지 않도록 하는 일일 것이다. 이를 위해서는 각국에서 인권이 보장되고 평화가 유지되어야 할 텐데, 그렇기에 난민 개개인에 대한 인간적인 이해와 연대가 국제 사회에 대한 관심으로 이어지는 일 또한 중요하다.

나의 활동이 관심과 이해, 연대를 불러일으키는 데 작은 도움이라도 되길 바란다.

1장

너, 정말 준비됐니?

2014년 11월 네팔

2014년 5월 유엔난민기구 한국대표부의 명예사절이 되고 난 후, 제일 먼저 한 일은 캠페인 영상을 촬영하는 것이었다. 명예사절 임명 기사와 난민에 대한 관심을 촉구하는 캠페인 영상이 퍼져 나가면서 이전보다 조금은 더 많은 사람들이 관심을 갖게 된 것 같아 다행이었다. 세계 난민의 날(6월 20일)을 맞아 유엔난민기구 한국대표부가 서울시민청에 마련한 전시회를 찾아 인사말을 하기도 했다.

그런 일반적인 활동들 사이에 틈나는 대로 유엔난민기구에서 제공한 자료를 보며 난민 문제에 대한 공부도 해 나갔다. 자료를 볼수록 난민의 삶을 있는 그대로 보고 듣고 체감하고 싶다는 생각이 커졌다. 그래야 내가 더 많은 사람들에게 좀 더 진실하게 이야기를 건넬 수 있을 것 같았다. 때마침 유엔난민기구 한국대표부에서 네팔에 있는 난민 캠프를 방문해 보지 않겠냐는 제안이 들어왔다. 망설일 이유가 없었다.

네팔로 출국하기 전날, 채비를 마치고 침대에 누웠다. 몸이 좀 피곤해 금세 잠들 줄 알았는데 좀체 잠이 오지 않았다. 참 오랜만에 느껴보는 긴장감이었다. 생각해 보니 첫 영화 촬영 전날 말고는 그런 적이 없었던 것 같다. 처음에는 이게 무슨 감정인가 싶었는데, 얼마 지나지 않아 그 감정의 실체를 알 것 같았다. 두려움. 솔직히 두려웠던 거다.

'너, 정말 준비됐니?', '무슨 생각으로 네팔까지 간다는 거야?', '네가 잘할 수 있을 것 같아?' 하는 질문들이 머릿속을 뱅뱅 돌았다. 그동안 유엔 이름을 내건 국제기구와 좋은 일 한답시고 여기저기 자랑하고만 싶었던 것은 아니었는지, 명예사절이라는 이름값에 우쭐했던 것은 아니었는지 하는 생각까지 이어졌다. 거의 뜬눈으로 밤을 지새우고 네팔행 비행기에 올랐다.

나의 첫 현장 미션에는 조세현 사진작가와 더크 헤베커 유엔난민기구 한국대표부 대표가 함께해 주었다. 더크 헤베커 대표가 비행기에서 내려 현장으로 향하는 차 안에서 내게 엄청나게 많은 이야기를 해 주었던 것이 기억에 남는다. 지금 가는 곳에 있는 직원은 몇 명이고, 그들은 무슨 일을 하며, 자신과 어느 나라에서 함께 일했고, 지금 가는 곳에는 어떤 난민들이 있고… 더크 헤베커 대표의 설명이 끝도 없이 이어졌다. 첫 난민 캠프 방문을 앞둔 햇병아리 신참에게 가능한 많은 것을 전하고 싶은 스승의 자세였던 것일까? 그런데 신기하게도 그런 그의 얘기에 빠져들다 보니 조금은 두려웠던 마음이 어디론가 사라져 버리고 편안해졌다.

네팔 미션은 난민 캠프를 처음으로 직접 경험했다는 면에서도 큰 의미가 있지만, 유엔난민기구의 특성과 그곳에서 일하는 사람들에 대해 이해할 수 있었다는 점에서도 뜻깊었다.

현장에 도착할 때까지 더크 헤베커 대표의 열정적인 모습에 흠뻑 매료되어 '이야, 이런 사람이야말로!' 하며 감탄했는데, 막상 현장에 도착하고 보니 그가 그렇게 유별난 사람도 아니었다. 미션을 거듭할 때마다 '세계 곳곳에 무척이나 많은 더크가 있구나!' 하는 생각을 하게 된다. 그들을 지나치게 신화화하고 영웅시하는 것은 경계해야 하지만, 한편으론 그들의 헌신과 열정에 늘 충분한 격려가 따랐으면 하는 마음이다.

처음 접하는 난민 캠프

네팔은 모두가 알다시피 세계의 지붕이라는 히말라야산맥에 접한 나라다. 수많은 산악인들이 네팔을 통해 에베레스트산을 비롯한 험준한 고봉에 오르는 것으로 유명하지만, 정작 우리는 이 나라에 대해 그 이상은 알지 못한다. 유엔난민기구 측에서는 네팔행을 추진하면서 주로 부탄 출신 난민을 만나게 될 거라고 했다. 부탄 역시 히말라야산맥에 접한 나라. 그 이상 아는 것은 별로 없었다.

수도 카트만두에서 네팔의 거의 동쪽 끝에 자리한 다막으로 가는 길은 육로로는 시간이 너무 많이 걸려 비행기로 이동해야만 했다. 다막에는 주로 부탄에서 온 난민들이 보호받고 있는 벨당기 난민 캠프와 사니스차르 난민 캠프가 있었다. 이들은 부탄에 살고 있던 로트샴파트스라는 부족으로, 티베트계가 주류인 부탄에서는 소수인 네팔계 부족이었다. 이들은 1990년에 부탄 왕정의 종족 차별 정책으로 부탄에서 추방되었다가 인도를 거쳐 결국 이곳 다막에 자리 잡았다.

캠프가 만들어진 지는 20여 년이 지났다. 이곳을 처음 찾은 난민들이 이곳에서 자식을 낳고 그 자식이 또 자식을 낳으면서, 난민 캠프를 거쳐 간 사람들의 수는 12만 명에 이른다.

지금 난민 캠프에서 기거하는 사람들의 수는 대략 2만 6,000여 명. 난민 캠프를 운영하는 유엔난민기구 네팔대표부는 부탄의 정치 상황으로 미루어 볼 때 이들이 고국으로 돌아가는 게 쉽지 않다고 보고, 이들을 제3국에 정착시키는 '재정착 프로그램Resettlement Program'을 실시하고 있다. 이를 통해 그동안 9만 3,000여 명의 난민이 미국, 캐나다, 오스트레일리아, 뉴질랜드, 덴마크, 네덜란드, 영국 등에서 새로운 삶을 시작했다.

벨당기 난민 캠프에서 처음으로 난민들이 살아가는 모습을 직접 보았다. 어느 정도 예상은 하고 있었지만, 난민들의 거처나 먹을거리를 직접 보니 말문이 막혔다. 그래도 이곳은 난민 캠프치고는 비교적 상황이 좋은 곳이라는 유엔난민기구 직원의 말에 더욱 놀랐다. 이곳은 네팔 정부의 지원을 받아 운영되고 있으며, 유엔난민기구의 도움 아래 난민들 스스로 영어교육센터, 어린이놀이방, 유년기성장센터, 여성포럼 등을 운영하고 있었다.

가슴 뭉클했던 환영식

우리 일행이 방문한다는 소식을 들은 난민 캠프의 청소년들이 우리를 위한 연극 무대를 준비했다. 자신들의 가족이 부탄에서 어떤 고통을 당했고, 어떤 과정을 거쳐 네팔까지 오게 되었는지를 보여주는 짤막한 연극이었다. 제대로 된 연기 지도도 받지 못한, 그럴싸한 연출도 없는 연극이었지만, 진심이 절절하게 다가왔다는 점에서 그 무엇과도 비교할 수 없는 훌륭한 작품이었다.

연극을 보는 내내, 그리고 연극을 마친 그 친구들을 보면서 가슴이 먹먹했다. 어떤 미래도 꿈도 보장되지 않는 삶이지만, 그 안에서 희망을 놓지 않고 있는 모습을 몸소 표현한 친구들의 순수함과 간절함이 내게 전해졌다. 처음 카메라 앞에 섰던 기억, 처음으로 감독의 "컷, 오케이" 하는 소리를 들었을 때의 느낌이 오버랩되었다.

연극이 끝나고 아이들 한 명 한 명을 안아 주면서 고맙다는 인사를 전했다. 그런데 한 소년이 내 팬이라며 자기도 배우가 꿈이라고 했다. 언제부터 그런 꿈을 꾸었냐고 물으니 내가 출연한 영화 〈내 머리 속의 지우개〉를 보고 그랬단다. 나중에 배우로 성공해 나를 만나러 한국에 오겠다는 소년의 말에 반드시 그래 달라고 답했다. 소년은 밝게 웃으며 내게 한국행을 장담했다.

사실 이곳에 사는 아이들에게는 딱히 보장된 미래가 없다. 배우로 성공하기는커녕 이 난민 캠프를 벗어난다는 것 자체가 요원할지도 모른다. 아이들 역시 그 현실의 벽을 인지하고 있는지도 모른다. 그럼에도 아이들에게는 각자의 꿈이 있었다. 이룰지 못 이룰지 아무것도 장담할 수 없지만, 그래도 그 꿈을 늘 가슴속에 품고 있다.

내가 해 줄 수 있는 말은 꼭 그래 달라고 부탁하고 한국에서 다시 만나자고 약속하는 것 말고는 없었다. 하지만 소년은 그런 내 말이 자신에게 큰 힘이 된다며 고맙다고 했다.

고맙다는 말. 현장을 방문할 때마다 무척 많이 듣게 되는 말이다. 하지만 과연 내가 이 말을 들을 자격이 있을까? 어느 순간부터인가 이 생각이 뇌리를 떠나지 않는다.

유엔난민기구의 안내로 난민 캠프 곳곳을 다니다 한 할아버지와 마주했다. 고향을 떠난 지 20여 년이 되었다는 할아버지는 낯선 우리를 반갑게 맞아 주셨다. 함께 난민 캠프에 있던 많은 사람들이 재정착 프로그램을 통해 다른 국가로 갔지만, 할아버지는 여전히 이곳에 머무르고 계셨다. 할아버지는 죽기 전에 반드시 다시 고향으로 돌아갈 수 있을 거라고 하셨다. 그리고 그때가 오면 고향으로 하루라도 빨리 돌아가기 위해 다른 곳으로 가지 않고 계속 이곳에서 지내신다고 했다.

혼자 지내시는 것처럼 보여 할머니는 돌아가셨는지 슬쩍 물었다. 내 예상과 달리 할머니는 치료소에 가 계신다는 답이 돌아왔다. 할머니는 당신이 그렇게 아픈데도 도통 이야기를 하지 않고 끙끙 앓기만 하시다가 결국 치료소로 가셨다고 한다. 자신들은 이 지역에 어쩌다 오게 된 손님이고 이곳 사람들에게 폐를 끼치고 싶지 않다며 아파도 밖으로 이야기하지 않고 혼자서 끙끙 앓기만 하셨다고 한다.

이런 난민이 비단 이 할머니뿐만은 아닐 것이다. 난민 캠프 사람들은 보통 열에 서넛은 병을 앓고 있다. 하지만 제대로 된 치료를 받기는커녕 제때 약을 얻는 것조차 그리 쉬운 일이 아니다. 어디 가서 아프다고 이야기하지도 못하는 사람이 태반이다. 할머니도 지금은 다행히 치료를 받으러 가셨지만, 제때 치료받지 못해 병을 키운 면도 있다. 난민들의 녹록지 않은 삶에 대해 다시 한 번 생각하게 된다.

여러 모로 힘든 상황인데도 반갑게 나를 맞아 주셨던 할아버지. 감사한 마음, 미안한 마음, 그외에도 여러 가지 복잡한 감정이 들었다. 그 마음을 전하기 위해 내가 할 수 있는 건 그의 손을 꼭 붙잡아 드리는 것뿐이었다.

난민조차 되지 못한 사람들

다막의 두 난민 캠프에 말고도 네팔에는 많은 난민이 살고 있다. 부탄 출신 난민 외에도 인접한 티베트와 미얀마는 물론이고, 파키스탄과 소말리아 같은 제법 떨어진 나라에서 도피해 온 난민도 있다. 그 수는 얼추 4만 명이 넘는다고 한다. 다막 난민 캠프의 부탄 출신 난민과 자와라켈 캠프의 티베트 출신 난민은 네팔 정부로부터 난민 인정을 받아 그나마 상황이 나은 편이다. 다른 나라 출신 난민들은 정부로부터 난민 인정을 받지 못해 공식 캠프 역시 꾸리지 못하고 있다. 그들은 카트만두와 같은 도심지에서 도시난민으로 힘겹게 살아가고 있다.

엄밀히 말해 정부로부터 난민 인정을 받지 못했다면 '난민'이라고 부르기는 어렵다. 하지만 그중에서도 유엔난민기구의 보호를 꼭 필요로 하는 사람들이 있다. 유엔난민기구가 아니라면 그들을 보호해 주는 곳도, 그들의 신원을 증빙해 주는 곳도 없는 사람들. 유엔난민기구는 이들을 '기타 보호 대상자'로 분류해 보호하고 있다. 도시난민 중에는 정식 분류로는 '난민'이나 '난민지위신청자'가 아닌 '기타 보호 대상자' 신분인 이들이 많다.

카트만두에 거주하는 것으로 추정되는 이들의 수는 대략 650명. 신분 보장이 안 되니 이들을 선뜻 고용할 사람도 없다. 설사 직업을 구한다 해도 이들은 월급을 받을 은행 계좌조차 만들지 못한다.

우리는 국가가 나의 신분을 보장한다는 것을 아주 당연하게 생각하지만, 그 당연한 것조차 당연하지 않은 사람들이 있다. 이들은 자국의 보호를 받을 수 없기에 난민 지위를 통해 다른 국가의 보호를 받고자 하는 것인데, 난민 지위마저 얻지 못한다면 지구상에 그들을 보호할 정부는 어디에도 없는 것이다. 이들은 아파도 병원에 가지 못하고, 직장을 구할 수도 없고, 아이들 역시 학교에 가지 못한다. 현대 사회의 틀에서는 국가의 보호 없이 인간으로서 누려야 할 기본적인 삶을 사는 건 현실적으로 불가능하다.

몇 달째 계속되는 가뭄과 지속적으로 녹고 있는 만년설 때문에 카트만두 사람들은 부족한 물을 구하기 위해 이만저만 신경전을 벌이는 게 아니다. 그 와중에 골목 한 귀퉁이에 천막을 치고 사는, 그 어느 국가로부터도 보호받지 못하는 이 사람들은 식수를 구하는 것조차 무척 버겁다.

카트만두에서 만난 소말리아에서 왔다는 한 소녀의 이야기가 생각난다. 소녀는 내전으로 엉망이 되어 버린 소말리아에서는 더 이상 미래가 없다는 생각에 언니와 함께 소말리아를 떠나기로 마음먹었다. 아버지가 어렵게 출국을 도와줄 사람을 알아봐 주었지만, 알고 보니 그는 난민의 열악한 상황을 이용해 자기 잇속을 챙기는 못된 브로커였다. 두 자매를 인도로 보내 준다고 해서 그렇게 믿고 따랐는데, 정작 그들이 도착한 곳은 인도의 성매매촌이었다. 인신매매였다. 지옥 같던 성매매촌을 탈출해 네팔까지 올 수 있었던 이는 동생뿐. 언니는 탈출하다 붙잡혔는지 아니면 다른 곳으로 도망갔는지 알 길이 없다. 그 소녀는 천신만고 끝에 카트만두까지 왔지만, 삶 자체가 크게 나아진 건 없다고 했다.

아는 것이 시작이다

한국으로 돌아오는 비행기에서 며칠간 만났던 난민을 한 명 한 명 떠올려 봤다. 3박 4일의 짧은 일정이었지만, 매순간이 인상적이었고 또 기억에 남지 않는 난민이 없었다.

난민촌 사람들은 나를 보고 늘 맑은 웃음을 지었고, 반갑게 손을 어루만져 주었다. 난민촌이라고 웃음이 없을 리 없었다. 난민 캠프를 둘러보며 사람들을 만날 때마다 세상에 대해, 또 인간에 대해 더 많은 생각을 하게 된다.

난민을 만나며 한 가지 확인한 게 있다면, 그들 누구도 스스로 난민의 길을 선택하지 않았다는 점이다. 그들은 어느 날 갑자기 스스로 원하지도 않았던 난민이 되었다.

난민을, 그리고 난민촌을 직접 한 번이라도 경험해 본다면, 그들을 돕는 문제에 대해, 그리고 유엔난민기구의 존재 이유에 대해 의문을 품지 않을 거라고 생각한다. 하지만 이를 직접 경험해 볼 수 있는 기회는 아무에게나 주어지지 않는다. 특히 난민촌을 방문하는 경험은 전문적인 구호 활동가들에게도 흔한 기회가 아니다. 그런 측면에서 내게 정말 큰 행운이 주어졌다는 점, 그리고 이 기회를 소중하게 써야 한다는 점을 잊지 않으려 한다.

한국에 돌아와 며칠 후 유엔난민기구 한국대표부에서 주최한 연말 리셉션에서 기자들을 만났다. 20년째 고향 돌아갈 꿈을 꾼다는 할아버지와 배우가 꿈이라는 소년의 이야기는 기자들에게도 인상이 깊었는지 많이 기사화되었다.

그날 기자들이 내게 던진 많은 질문 중에서 잊히지 않는 것이 있다. "난민이 양산되는 지구촌 현실을 개선하기 위해 어떤 활동이 필요하다고 봅니까?" 매우 어려운, 하지만 피할 수 없는 질문이었다. 이 질문에 제대로 답하는 것까지가 이번 미션에서 내게 주어진 임무라는 생각이 들었다.

"난민들이 어떤 이유로 탄압을 받는지, 또 어떤 생명의 위협을 받으면서 국경을 넘는지에 대해 우리가 알아야 합니다. 이것을 우리가 아는 것이 모든 문제를 해결하는 첫 단추가 된다고 생각합니다."

조심스럽게 내 생각을 전했다. 더 알아야 한다는 것. 어찌 보면 너무 당연한 얘기라고 할지도 모르겠지만, 출발은 관심일 수밖에 없다.

네팔에서 돌아온 지 여섯 달이 되었을 무렵, 카트만두 인근에서 큰 지진이 났다. 깜짝 놀라 유엔난민기구 한국대표부에 전화부터 걸었다. 동부의 다막 난민 캠프들은 그다지 큰 피해를 입지 않았지만, 카트만두는 아비규환 그 자체라고 했다. 수십만 채의 집이 허물어지고 망가졌다. 난민들이 혹시나 본국으로 강제 송환될까 두려워 그런 무너진 집에서조차 못 나오고 있는 것은 아닌지, 그러다 불상사라도 당하는 것은 아닌지 걱정된다는 전화기 너머의 목소리에 마음이 무거웠다.

고향에 하루라도 빨리 돌아가기 위해, 재정착 프로그램을 마다하고
국경과 가까운 난민 캠프를 벗어나지 않는 할아버지를 보며
그들이 원하는 건 결코 '편한 삶'이 아님을 확인한다.

난민들을 만나며 깨닫게 되는 사실이 있다.
이들이 오늘의 굶주림보다 더 중요하게 생각하는 것이
내일을 향한 희망, 즉 미래 세대를 교육시키는 것이라는 사실이다.

2장

명예사절에서
친선대사로

2015년 5월 남수단

2015년 4월, 지중해에서 난민들을 태운 배가 침몰하는 바람에 수백 명이 죽는 사고가 일어났다. 그리고 한 달이 채 지나지 않아 네팔에서 대지진이 일어났다. 남수단 방문이 결정된 것도 그 즈음이었다.

처음 만나는 아프리카

난민촌 하면 시리아나 이라크를 떠올리는 경우가 많지만, 이런 나라 외에도 난민의 수나 처지 측면에서 심각한 문제를 안고 있는 곳이 많다. 이전에 방문했던 네팔처럼, 우리에게 잘 알려져 있지 않지만 난민 문제로 상황이 어려워 관심이 필요한 곳 중 남수단이라는 나라가 있다. 유엔난민기구에서 남수단의 상황을 알릴 필요에 대해 이야기했고, 난 어려움에 처한 난민을 만날 수 있는 곳이라면 어디든 상관없다고 했다. 이왕이면 이미 알려진 곳보다는 좀 더 많은 관심이 필요한 곳에 가 보는 게 좋겠다고 생각해 오던 터였다.

남수단. 수단이라는 나라 이름은 들어 본 것 같은데 남수단이라는 이름은 낯설었다. 그저 수단의 남부 지방을 일컫는 말인 줄 알았는데, 찾아보니 2011년에 수단에서 독립한 신생 국가였다. 독립 이전부터 전쟁과 내전으로 많은 난민이 발생했고, 독립 후에도 갈등이 계속되고 있다. 내전으로 인한 국내 실향민만 150만 명에, 집계되는 난민 수가 26만 2,000명이 넘었다. 유엔난민기구의 대표적인 긴급 구호 활동지였다.

태어나서 아프리카에 가는 것은 처음이었다. 출국 절차도 까다로웠다. 예방 접종부터 해야 했다. 국립중앙의료원에 가서 황열병과 말라리아를 비롯한 네 가지 예방 접종을 받은 것도 처음 한 경험이다. 게다가 남수단은 내전 때문에 특별여행경보(즉시대피) 국가로 지정되어 있었다. 외교부 허가와 비자도 출국 날짜가 다 되어서야 가까스로 받을 수 있었다.

남수단의 수도 주바에서 아중톡과 이다의 난민 캠프로 가기 위해서는 유엔의 경비행기를 이용해야 했다. 유엔과 산하 단체 그리고 인도주의 구호 기구의 활동가를 위한 경비행기였다. 원체 작은 경비행기이다 보니, 거센 비바람이 몰려올 때 우리가 탄 비행기가 그에 맞서 안간힘을 쓰며 앞으로 날아가는 것이 내 몸까지 생생하게 느껴지기도 했다.

몇몇 포스트를 경유하며 여러 단체의 활동가들이 타고 내리는 것을 지켜보는 일도 흔히 할 수 없는 경험이었다. 정확한 장소는 알 수 없었지만, 국경없는의사회의 구성원을 기다리고 있을 때로 기억한다. 머리 위로는 비가 퍼붓고 있었다. 저 멀리에서는 영화 〈미이라〉에 나올 법한 거대한 모래 폭풍이 몰려오고 있었다. 그리고 반대쪽 하늘에는 해가 쨍하게 나며 세상을 선명하게 비추고 있었다. 아프리카의 황홀한 자연이었다.

나를 반기는 아이들

남수단 첫 방문지는 북부 유니티 주에 있는 아중톡 난민 캠프. 이곳은 주로 국경을 맞대고 있는 수단에서 건너온 2만 7,000여 명의 난민이 생활하는 곳이다. 이 중 70퍼센트가 여성과 아이다.

네팔의 난민 캠프는 숲속 나무 사이로 오밀조밀하게 가옥이 자리해 전체 규모를 가늠하기 쉽지 않았는데, 남수단의 난민 캠프는 전혀 다른 모습이었다. 광활한 대지, 불그스레한 토양 위에 수없이 늘어선 하얀 천막, 거기에 반사되는 눈부신 햇살이 심지어 아름답게까지 느껴졌다. 하지만 막상 다가가 천막 안으로 들어갔을 때 느껴지는 열기와 악취는 영락없는 난민촌의 그것이었다.

먼저 아이들을 보호하는 공간으로 갔다. 대개 난민 캠프에 처음 가면 일단 "안녕하세요."라고 우리말 인사부터 건넨다. 그다음에는 영어로 내 이름을 이야기하고, 한국에서 왔으며 배우 일을 하고 있는데 유엔난민기구를 통해 난민의 상황을 알리고 국민들에게 지원을 요청하는 임무를 맡고 있다는 식으로 간단히 내 소개를 한다.

아중톡 난민 캠프의 아이들이 내 인사가 끝나자마자 "카와자!" 하면서 해맑은 미소를 보내 주었다. 그 모습을 보면 누구라도 그만 깜빡 넘어가고 말 것이다. 아이들의 눈망울과 치아는 그렇게 하얄 수가 없었고, 웃음소리와 노랫소리는 시종 끊이질 않았다. 그 아이들을 보는 내내 즐거웠다. 그 하얀 눈망울은 지금도 눈에 선하다.

아이들이 외치던 '카와자'는 하얀 사람이라는 뜻이라고 한다. 사실 아이들은 내가 누군지도 몰랐을 것이다. 나중에 유엔난민기구 직원의 이야기를 듣고 나서야 아이들이 그렇게 나를 반가워하던 이유를 이해할 수 있었다. 난민 캠프 안에서 아이들의 일상은 하루하루가 하나도 다를 게 없는 지루한 나날이라서, 매일매일 보는 똑같은 얼굴 말고 외부에서 오는 나 같은 방문객을 보는 것 자체가 흔하지 않은 이벤트가 되는 것이다.

세계 어디를 가나 아이들은 한결같이 밝다. 아이들에게 현실의 어려움이라는 건 다른 게 아니다. 배고프면 배고픈 것, 추우면 추운 것이 지상 최대의 과제다. 배고픈 것과 같은 기본적인 욕구가 어느 정도 해소되면 그저 즐겁게 뛰어놀 뿐이다. 어쩌다 나와 같은 외부인이 찾아오기라도 하면 그저 신기하고 반가울 뿐이다. 자신과 가족이 처한 현실이 얼마나 절박한지 그리고 언제 고향으로 돌아갈 수 있을지 같은 문제는 아직 관심 밖이다. 아이들이 나이가 들어 이 막막한 현실을 체감하기 전에, 하얀 사람과 신나게 함께 놀았던 추억만 가지고 고향으로 돌아갈 수 있다면 얼마나 좋을까.

그럼에도 희망을 이야기하는 사람들

한껏 올라갔던 입꼬리는 난민 캠프 사람들을 만나면서 이내 죽죽 아래로 처졌다. 딸이 죽는 바람에 갓난쟁이 손녀에게 젖을 빨리는 한 할머니의 사연을 들었다. 한쪽 눈 시력을 거의 잃었을 정도로 연로하신 할머니는 이제 다른 한쪽 눈마저 시력이 안 좋아지고 있다며 손녀 걱정을 했다. 딸을 잃은 것만으로도 슬픔이 차고 넘칠 텐데 갓난아이에게 빈 젖까지 물리고 있는 심정은 어떨까.

아중톡에서 처음 본 아이들의 해맑은 모습은 가슴을 뭉클하게 하지만, 난민촌의 불안한 미래는 부정할 수 없는 현실이다. 난민촌의 부모들은 아이들의 미래에 대한 걱정이 많다. 교육, 건강, 위생, 생활의 모든 분야에서 난민들의 생활은 열악하고, 그들의 미래는 불투명하다.

하지만 그런 불투명한 미래를 조금씩 선명하게 만들어 가는 힘이 늘 함께 존재한다는 것이 놀라운 일이다. 내일에 대한 희망.

가혹한 현실 속에서도 그 희망을 놓지 않는다는 게 인류의 불가사의한 점인지도 모르겠다. 우리와 홍보 영상을 함께 만든 삼손이라는 청년을 보면서 그 힘을 새삼 다시 느꼈다.

삼손은 수단에서 혼자 국경을 넘어와 아중톡 캠프에서 지내고 있는 난민이었다. 삼손의 아버지는 그에게 "무력을 이길 수 있는 것은 배움뿐이다. 너는 남수단에 가서 교육을 받고 너의 꿈인 기자가 되어 지금 수단과 남수단이 처해 있는 어려움을 세상에 알려야 한다."라고 말했다고 한다. 아버지의 뜻을 받아 국경을 넘어 이곳까지 온 삼손은 기자가 되겠다는 꿈을 키워 가고 있다. 그는 수단과 남수단의 상황을 전 세계에 알려 도움을 이끌어 내는 것을 자신의 의무로 생각한다. 난민 캠프에서 학생들을 가르치면서 틈틈이 그곳의 모습을 사진에 담고 있다.

난민 캠프에서 살아간다는 것

이다 캠프로 가는 길이었다. 차를 타고 가는데 저쪽에서 어떤 아이가 작대기를 하나 짊어지고 오고 있었다. 무심코 바라보고 있었는데, 가까이에서 보니 그게 그냥 작대기가 아니었다. AK47 소총이었다.

그 순간 이 아이가 정부군인지 반군인지 어느 종파인지, 그래서 아군인지 적군인지 머리가 복잡하게 돌아가기 시작했다. 아무리 무장 단체라고 해도 기본적으로 유엔 관련 기구에 테러를 가하는 경우는 잘 없다고 듣기는 했지만, 그래도 갑작스레 마주한 그아이의 속사정은 알 수 없는 것 아닌가. 그렇게 우리 앞을 스윽 지나간 그 아이를 어떻게 받아들여야 할지, 그저 충격적인 경험이었다는 말 외에는 적당한 표현을 찾을 수 없을 것 같다.

그렇게 도착한 이다 난민 캠프는 거주하는 국내 실향민이 2만 명이나 되는 큰 난민 캠프였다. 과거 격납고였던 곳을 배식소로 쓰고 있었는데, 얼핏 보면 아프리카 도심의 흔한 시장 같아 보이기도 했다. 배식 시간이 되면 몰려드는 난민들로 인산인해를 이뤘다. 끝도 없이 늘어선 줄을 보고 있으니 이들에게 배식을 하는 것만 해도 만만치 않겠다 싶었다.

이다 난민 캠프에서, 태어난 지 얼마 안 되는 아이를 직접 볼 기회가 있었다. 저체중으로 태어난 아이였다. 난민 캠프에서는 산모가 스트레스나 영양 결핍 등으로 사산하거나 조산하는 경우가 많다고 한다. 난민 캠프의 분만 시설은 조그마한 창고에 분만대만 하나 놓은 정도였다. 이런 곳에서 아이가 태어나도 되는 것인지, 아이들이 태어나마자마 위험한 상황에 놓이는 건 아닌지 하는 걱정부터 들었다. 전쟁이 한창 벌어지고 있는 곳이나 힘겹게 국경을 넘는 와중에 태어나는 아이보다는 낫겠지만, 내 눈에는 많이 부족해 보였다. 산모나 아이는 다행히 건강한 상태라고 했지만, 이렇게 어떤 아이들은 건강하게 태어날 권리마저 충분히 보장받지 못한 채로 세상과 만나고 있구나 하는 생각이 쉬이 가시지 않았다.

분만소를 나와 난민 캠프를 둘러보는데, 할아버지 한 분이 천막 앞에 우두커니 앉아 계셨다. 가족도 없이 혼자 생활하는 분인데, 불행히도 시력을 잃고 난민 캠프 사람들의 도움으로 근근이 살아가고 계셨다. 할아버지의 일과는 천막 안에 앉아 유엔난민기구 직원이나 자원봉사자가 자신을 데리러 오기를 기다리는 게 전부였다. 앞이 보이지 않아 답답하고 또 많이 외로우실 텐데, 표정은 그리 어둡지 않았다. 달관한 듯한 표정이었다. 더 이상 잃을 것도 나빠질 것도 없다는 것을 인정하고 묵묵히 삶을 살아갈 때 나오는 표정이 저런 게 아닌가 싶었다. 그 순간 내게 찾아든 감정은 연민보다 경외심에 가까웠다.

평생을 난민촌에서 지낸 로다의 꿈

이곳에서 로다를 만났다. 로다는 20년 전 에티오피아의 한 난민 캠프에서 태어났다. 난민 캠프를 전전하는 삶이었지만, 대학에 입학하여 학업을 이어 나가기도 했다. 현재는 내전으로 인해 더 이상 학업을 쌓지 못하고 있다. 그녀의 가족은 가진 것을 모두 잃은 채 국내 실향민이 되어 여러 캠프를 옮겨 다니던 중 모두 뿔뿔이 흩어졌다. 다행히도 얼마 전 인근 캠프에 언니가 있다는 것을 수소문을 통해 확인했다고 한다.

이런 로다의 꿈은 변호사가 되는 것이다. 보다 안정적인 삶을 꿈꾸는 걸까? 로다에게 변호사가 되려는 이유를 물었다. 내가 생각한 것과 전혀 다른 방향의 답이 돌아왔다.

로다는 여러 난민 캠프를 옮겨 다니면서 생활하다 보니 법률 지식이 필요하다고 체감했다고 한다. 자신은 물론 자신과 같은 처지의 보호 대상자들 앞에 늘 법적인 문제가 놓여 있지만, 이들에게 제공되는 법률 서비스는 늘 한정되거나 아예 없기 마련이라는 것이다. 변호사가 되어 난민 보호 대상자들에게 필요한 법률 지식을 제공하고 싶다는 게 로다의 구체적인 꿈이다.

앞서 만난 삼손이 기자가 되겠다는 이유에서도 그랬고, 내가 난민 캠프에서 만난 친구들의 장래 희망은 늘 무척 구체적이었다. 게다가 본인의 영달을 위해서가 아닌 주변의 난민들을 돕기 위한 것이었다.

열악한 난민 캠프의 위생 환경

남수단으로 떠나기 전부터 전국을 비상사태로 몰아넣은 메르스(중동호흡기증후군)는 4박 5일의 일정을 마치고 돌아와서도 여전히 기승을 부렸다. 하지만 우리나라의 비상 상황이 남수단의 일상보다 훨씬 안전했다. 그곳에서는 나날이 전염병으로 수십 명이 죽어 가고 있었다.

남수단 사람들의 평균 수명은 55세. 우리나라와 비교하면 20년 이상 차이 난다. 이 차이의 주된 원인은 말라리아와 콜레라다. 내가 방문했을 때는 전염병이 기승을 부리는 우기를 앞둔 시점이라 유엔난민기구 측에서 예방과 치료를 위한 백신을 확보하고 병동도 확충하고 있었다. 하지만 그것만으로는 한계가 있어 보였다. 이곳을 비롯해 전 세계 난민 캠프에 난민의 수는 하루가 멀다 하고 늘고 있지만, 이들을 지원할 물자는 그 속도를 따라잡지 못하고 있다.

난민 캠프에서는 모든 것이 열악하다고 하지만 의료 자원의 부족은 더 큰 위험을 불러올 수밖에 없다. 자원 부족도 문제지만, 전염병에 대한 인식 부족 역시 큰 문제였다. 꾸준히 교육을 진행하고 있지만 하루하루 살아가기 바쁜 이들에게 예방을 위한 조치는 당장의 문제가 아닌 것처럼 느껴질지도 모르겠다.

캠프가 없어지기를 꿈꾸다

난민 캠프에서 일하는 유엔난민기구 직원들의 꿈은 난민들이 모두 고국으로 돌아가고 캠프가 문을 닫는 것이다. 하지만 최근 십수 년

간 이런 일은 없었다. 전쟁과 내전이 끝나는 곳은 없고, 계속해서 새로 늘어나고만 있다.

그런 현실 속에서도 한 가닥 희망을 엿보게 되는 장면이 있다. 남수단에서 만난 한 유엔난민기구 직원이 내게 자신이 눈물을 펑펑 쏟았던 장면을 들려주었다. 몇 년 전 수단과 남수단이 잠시 휴전했을 때, 난민들이 강에 보트를 띄우고 집으로 돌아가는 그 모습이 그렇게 감격스러울 수가 없었다고 한다.

그 말을 듣고서 꿈꿔 보았다. 삼손이 수단의 고향으로 돌아가 그 모습을 자신의 블로그에 올리는 모습을. 로다가 캠프를 떠나는 마지막 실향민을 향해 손을 흔들며 배웅하는 모습을.

유엔난민기구 친선대사가 되다

남수단에서 돌아온 지 얼마 안 되어 다시 찾아온 세계 난민의 날에 유엔난민기구 친선대사Goodwill Ambassador로 임명되었다. 명예사절이 유엔난민기구 한국대표부 차원에서 내게 부여한 직함이라면, 친선대사는 유엔난민기구의 공식 직함이었다. 그렇다고 내 역할이 달라진 것은 없지만, 그간의 활동이 유엔난민기구에도 도움이 된 것 같아 기뻤다.

내가 임명될 당시 유엔난민기구 친선대사는 안젤리나 졸리를 비롯해 11명이었는데, 지금은 전 세계에서 25명의 친선대사가 활동하고 있다. 그중에는 케이트 블란쳇이나 벤 스틸러 같은 유명 배우도 있고, 《연을 쫓는 아이》로 유명한 할레드 호세이니나 유명 판타지 소설가 닐 게이먼 같은 작가도 있다. 안젤리나 졸리는 친선대사로 오랜 기간 활동한 뒤 그 공로를 인정받아 2012년 특사Special Envoy로 임명되었다.

2018년 11월, 한국을 방문한 안젤리나 졸리와 만났다. 처음 만난 사이지만, 난민 문제에 대해 이런저런 이야기를 나누다 보니 마치 오래전부터 알던 것처럼 편안했다. 차분하게 난민이 처한 현실을 이야기하면서, 동시에 열정적으로 무엇을 해야 할지 찾고 있는 모습이 인상적이었다. 보호 대상자가 계속해서 늘어나고 있는 현실과 그에 맞춰 친선대사도 최근 들어 많이 늘어난 상황을 이야기하며, 친선대사 중 문화예술인이 특히 많은데 이들의 재능을 통해 난민의 현실을 더 많이 알리자고 마음을 모았다.

그날 안젤리나 졸리 특사와 약속한 게 있다. 언젠가 로힝야 난민이 고향으로 돌아갈 수 있게 되면 쿠투팔롱 캠프로 찾아가 그들을 배웅해 주자고. 이 책의 5장에서도 소개하고 있는 로힝야 난민은 지금 가장 고초를 겪고 있는 이들이다. 특사와 함께 집으로 돌아가는 로힝야 난민을 배웅하는 그날을 상상한다.

언제 어디서건 아이들은 늘 나를 반겨 준다.
그 아이들의 가슴속 꿈이 현실의 벽 앞에 좌절되지 않기를 늘 기도한다.

"무력을 이길 수 있는 것은 배움뿐"이라는
아버지의 뜻을 가슴에 새기고 남수단 아중톡 캠프에서
기자가 되겠다는 꿈을 키워 가고 있는 수단 난민 삼손.
난민 청소년들에게 장래 희망은 자신을 위한 꿈 그 이상이다.

3장

그들은 왜 유럽으로
가려 하는가

2016년 3월 레바논

2015년 9월, 유엔난민기구 한국대표부가 준비한 제1회 난민 토크 콘서트가 있던 날이었다. 행사장으로 가던 길에 아일란 쿠르디의 죽음을 기사로 접했다. 시리아의 쿠르드계 세 살짜리 아이. 시리아 내전을 피해 가족과 함께 지중해를 건너던 중 타고 가던 배가 난파되었다. 터키의 한 해변에서 사망한 채로, 하지만 마치 잠이 든 것처럼 평온한 자세로 발견된 그의 모습을 담은 사진을 보고는 잠시 멍하니 있을 수밖에 없었다.

시리아 난민을 만나러

시리아 난민에 관한 뉴스는 텔레비전이든 인터넷이든 잊을 만하면 나오고 또 나왔다. 안젤리나 졸리 유엔난민기구 특사도 이라크를 방문해 시리아 난민을 만난 후 가슴 아픈 사연을 전했다. 창고에 갇혀 지내며 성폭행을 당했던 열세 살 소녀, 부모를 잃고 일곱 명이나 되는 동생을 돌보는 가장이 된 열아홉 살 소년의 사연 등을 통해 난민들의 참상을 짐작할 수 있었다. 안젤리나 졸리는 전 세계인에게 난민을 돕는 것이 이들의 미래를 책임지는 모습이라고 힘주어 말했다. 나 역시 곧 시리아 난민을 직접 만나고 그들의 이야기를 우리 사회에 전해야겠다고 다짐했다.

레바논행이 결정되었다. 레바논 역시 이라크처럼 시리아와 국경을 맞대고 있는 나라인지라 적잖은 수의 시리아 난민이 머물고 있었다.

레바논은 대한민국 4분의 1 정도 되는 면적을 가진 중동의 작은 나라다. 그럼에도 관대하게 이웃 나라의 아픔을 함께 짊어져 왔다. 하지만 시리아 내전이 장기화되면서 100만 명이 넘는 난민이 자국 경제에 부담으로 작용하기 시작했다. 당시 레바논의 인구는 450만 명가량. 시리아 난민이 전체 인구의 4분의 1에 가까웠다. 상황이 이렇다 보니 레바논 입장에서도 난민에 대한 규제를 보다 엄격히 할 수밖에 없었다. 난민 수용이라는 과제를 인접국에만 떠넘길 수 없는 데는 이러한 사정이 있다.

2016년 2월 29일, 레바논의 수도 베이루트로 향하는 비행기에 올랐다. 이륙을 기다리며 시리아 내전과 난민의 상황을 다시 살펴봤다. 2011년, '아랍의 봄'은 시리아에도 찾아왔다. 민주화 운동으로 촉발된 혼란은 이내 내전으로 번졌다. 정치적 입장과 종파, 민족 그리고 인근 국가의 이해까지 뒤섞여 혼란이 가중되었다. 이러한 상황 속에서 이미 시리아를 떠난 난민은 480만 명(터키 275만 명, 레바논 106만 명, 요르단 65만 명, 이라크 25만 명 등), 시리아 내 다른 지역으로 피신한 국내 실향민은 660만 명에 이르렀다. 내전 전 시리아 인구가 2,200만 명이었다고 하니 인구의 절반이 난민이 되어 버린 것이다.

　레바논은 당시 100만 명이 넘는 시리아 난민을 보호하고 있었다.(3년이 지난 지금은 150만 명에 이른다.) 처음에는 레바논에서도 시리아 난민을 위한 난민 캠프를 만들었다. 하지만 난민의 수가 폭발적으로 늘어나자 난민 캠프 운영이 어려워졌다. 유엔난민기구 측도 난민 생활이 장기화된다면 난민 캠프에 고립돼 있기보다는 현지 주민들과 융화하면서 사는 편이 바람직하다고 보고, 레바논 내 시리아 난민에 대해서는 도시난민 형태로 지원 방향을 전환했다.

　도시난민의 경우 난민 캠프에서 생활하는 난민보다 더 많은 어려움에 처하는 게 사실이다. 일단 매달 집세부터 문제다. 이들은 주로 주차장이나 폐건물 또는 대지에 천막을 치고 생활하는데, 그렇더라도 소유주에게 다달이 임대료를 내야 한다. 게다가 난민이 생활하는 지역은 대부분 빈곤 지역이라, 주변 주민들에게 관대함을 바라기도 쉽지 않다.

또한 여러 군데 흩어져 살다 보니, 난민 캠프에서와 같은 체계화된 지원을 받기도 힘들다. 레바논의 시리아 난민은 대략 1,700여 개 지역에 가족 단위로 흩어져 생활하고 있다.

우리가 찾은 와하 공동 거주지는 예전에 쇼핑몰이었다가 폐업으로 빈 건물이 된 곳이었다. 빈 상가 자리 칸칸에 시리아 난민 가정들이 입주해 머물고 있었다.

"공부를 계속 하고 싶어요."

레바논 남부의 도시 사이다에서 23세의 모하메드를 만났다. 모하메드는 대학생이었다. 독일 정부가 시행하는 시리아 난민 지원 프로그램인 다피Dafi 장학 제도의 도움을 받아 대학에서 심리학을 공부하고 있었다. 로다와 삼손이 떠올라, 그에게도 꿈이 무엇이냐고 물었다. "그저 공부를 계속하고 싶어요." 참으로 소박하면서도 당연한 꿈이었다. 자신이 지금 공부하고 있는 것이 어디에 쓰일지는 잘 모르겠지만 진심으로 공부를 하고 싶다고 했다. 공부에 대한 의

지가 "심장에 새긴 듯 뚜렷하다."라는 말까지 들었다.

그 간절한 꿈에 가장 방해가 되는 게 무엇인지 궁금했다. 그가 가장 걱정하는 것은 가족의 생계였다. 아버지는 몸이 편치 않은데, 아홉 형제 중 둘째임에도 가족의 생계를 책임지지 못하고 있는 상황이 힘들다고 했다. 아무래도 공부를 접고 가족을 먹여 살려야 하는 것은 아닌지 하루에도 열두 번씩 고민한다고 털어놓았다. 공부를 하고 싶지만 마냥 공부에만 전념할 수 없는 것이 모하메드의 가장 큰 고민이었다.

모하메드를 만나고 나서 학교에 가 보았다. 교사 출신의 난민 봉사자가 아이들을 가르치는 임시 학교였다. 평소에는 일상생활을 하는 공간인데, 금요일마다 두 시간씩 학교로 쓰고 있었다. 학급은 저학년반과 고학년반으로 나뉘어 있었다.

이런 임시 학교에라도 나올 수 아이들은 전체의 절반에 불과했다. 학교를 다니는 아이 중에서도 20퍼센트는 중도에 포기하고 만다고 한다.

아이들이 학교를 그만두는 가장 큰 이유는 돈을 벌어야 하기 때문이었다. 아이러니하게도 어린아이들이 가족의 생계를 책임지는 상황을 어렵지 않게 확인할 수 있었다. 어린아이들은 적은 돈으로도 일을 시킬 수 있어서, 일정 급여를 보장해야 하는 어른들보다 일자리를 구하기가 더 쉽다고 한다.

수업이 끝난 후 가장 활달하게 답하던 소년에게 다가가 잠시 이야기를 건넸다. 소년의 이름은 하마드, 나이는 아홉 살. 커서 뭐가 되고 싶냐는 질문에 슈바이처와 같은 의사가 되고 싶다고 했다. "의사 되려면 공부 많이 해야 할 텐데 괜찮겠어?" 하는 내 말에 하마드는 "엄마처럼 아픈 사람들을 치료하려면 당연히 공부 열심히 해야죠."라며 씩씩하게 답했다.

현지 직원들의 말을 들어 보면 이곳 아이들에게 공부는 단순한 공부 이상이다. 해맑은 얼굴을 하면서 떠들고 장난도 치지만, 아이들은 자기가 지금 하는 공부가 단지 자신의 일신을 위한 게 아니라 앞으로 다가올 평화로운 조국을 지켜 내고 다시는 혼란에 빠지지 않게 할 일종의 무기이자 자산이라 생각한다고 한다.

내 지난날을 잠시 돌이켜 봤다. 가난이라는 환경 때문인지 공부에 집중할 수도 흥미를 둘 수도 없던 상황에서 어쩌다 가져 본 배우의 꿈. 하지만 내게 그 꿈은 얼마나 절박했던가. 비루하기만 한 내 삶을 바꿔 줄 한 줄기 희망이었을 나의 꿈. 이 아이들 그리고 먼저 만난 모하메드에게 공부란, 내가 가졌던 배우에 대한 막연한 열망보다 훨씬 절박하고 강렬한 것이 아닐까.

인간은 누구나 무한한 가능성을 가지고 있다. 이 난민 어린이들이 어떠한 가능성을 가지고 이 땅에 태어났는지는 아무도 모른다. 이들에게 미래의 삶을 위한 기회를 보장하는 것은 비단 이들만을 위한 일이 아니라고, 그 아이가 우리 인류에게 어떠한 선물을 선사할지는 아무도 모른다고 확신한다.

내가 만난 시리아인 부모들의 가장 큰 걱정은 자식이 제대로 된 교육을 받지 못하는 것이었다. 당연히 당면한 문제인 먹고사는 것도 걱정이지만, 그것보다 더 중요한 것이 아이들의 미래다. 미래가 사라지는 것이 오늘 굶주리는 것보다 더 큰 걱정거리다.

좀체 나아지지 않는 시리아의 혼란한 상황 그리고 언제까지 이어질지 모르는 타지에서의 버거운 삶 속에서, 그들은 아이들이 '잃어버린 세대'가 되지 않을까 걱정하고 또 걱정하고 있었다. 지금 자라나는 세대가 제대로 교육받지 못하면, 다시 고국으로 돌아간다 한들 사실상 나라를 재건할 사람이 없어지는 것이고, 그렇게 된다면 조국의 재건이 불가능해지거나 다음다음 세대까지 재건에 100년은 걸릴지도 모른다는 게 그들의 생각이다.

한 아버지는 유럽에 가면 적어도 아이들 공부는 시킬 수 있지 않을까 하는 생각에 유럽으로 갈 돈을 모으고 있다고 했다. 그러면서 난민 학부모의 상당수는 자기와 비슷한 생각을 할 거라는 말도 전했다.

6·25전쟁이 한창 벌어지고 있는 와중에도 피란지에 학교를 세우고 수업을 했다는 우리 아버지, 할아버지 세대의 이야기가 떠올랐다. 이곳 역시 마찬가지다. 그들이 적지 않은 돈을 들여서라도 혹시나 가라앉을지 모르는 배에 올라타면서까지 굳이 유럽으로 가

려는 이유를 짐작할 수 있었다.

차가운 바람에 얇은 비가 섞여 날리는 스산한 날이었다. 시리아 난민들의 비공식 거주지를 돌아보다가 태어난 지 20일 된 아기를 보았다. 이름은 누어. 나무와 플라스틱 시트로 만들어진 좁은 공간에 들이닥친 낯선 이의 방문에 누어는 이내 울음을 터뜨렸다.

누어가 태어난 곳은 지난 남수단의 열악한 분만실보다 못한 그냥 천막이다. 그 천막은 누어의 부모와 언니 둘이 함께 생활하는 그들의 안식처다. 비바람을 막아 주는 것은 둘째 치고 혹시 모를 세균 감염으로부터도 안전하지 못한 그곳에서 태어난 누어를 보면서, 또 그런 누어를 안고 있는 아버지 하산을 보면서 무슨 말을 꺼내야 할지 막막했다.

하산이 누어를 내려다보는 눈이 구슬퍼 보였다. 마치 '이런 곳에서 태어나게 해서 정말 미안하다.'라고 말하는 것만 같았다. 아이의 미래를 책임질 수 없다는 것은 부모로서 가장 못할 짓 중 하나라고 했던 누군가의 말이 기억났다. 이런 내 생각을 눈치라도 챈 듯 하산은 차 한 잔을 내주며 말을 이어 갔다.

하산은 고향을 떠나기 전에는 빵집에서 일했다고 한다. 내전을 피해 이곳까지 오게 되었는데, 갓 태어난 누어와 언니 림과 아사엘의 미래를 생각하면 누군가 목을 조르는 것 같다고 했다. 그는 가족을 위해 일할 수만 있다면 어디든 상관없다며 미래가 없는 이곳을 떠나 더 먼 나라로 갈 생각이라고 말했다. "당신이 도착할 그곳이 당신의 고향이었으면 합니다." 위로라고 던진 말인데, 뱉고 나서는 이 말이 위로가 될까 싶었다. 하산은 조용히 고개를 끄덕였다.

한참 울던 누어는 울음을 그치더니, 아버지의 눈빛과는 대조적으로 생글생글 웃기 시작했다. 아이의 눈빛을 보니 남수단 이다 캠프에서 만났던 갓난아이가 생각났다. '그 아이 이름이 뭐였더라? 잘 살고 있으려나? 지금은 어디에서 살고 있을까? 아직 고향에는 못 갔겠지.' 몇 년 뒤 나는 또 어떤 다른 곳에서 난민 아이를 만나고 누어를 떠올리며 지금과 같은 생각을 반복하게 될까.

좀체 나아지지 않는 자국의 실정처럼, 난민의 삶 역시 좀체 나아질 줄 모른다. 아니, 안 좋은 쪽으로 변해 간다는 게 더 정확한 표현일 것이다. 고향을 떠나면서 가져온 돈은 바닥난 지 오래지만, 마음대로 이주하거나 일자리를 얻을 수 없는 시리아 난민들은 농업이나 건축업 일용직으로 최저 시급 수준만 겨우 벌고 있다. 이것도 그나마 운이 좋을 때 얘기다. 식량이나 기저귀 같은 최소한의 생필품만 사도 빚이 불어나는 게 시리아 난민의 현실이다. 어떤 이들은 막막한 현실에 지친 나머지, 죽음이 기다릴지도 모르는 고향으로 차라리 돌아가는 게 낫지 않을까 하는 생각까지 한다.

하산의 집을 나와 또 다른 곳을 찾았다. 임대 주택 형태의 그 집에는 아이 다섯을 홀로 키우는 31세의 디마가 살고 있었다. 1년 전 폭격으로 남편이 사망하자 돌아볼 것도 없이 시리아를 탈출해 이곳까지 왔다고 한다.

무엇이 가장 힘드냐는 물음에 디마는 아이들이 자신을 무시하는 것이 가장 견디기 힘들다고 했다. 남편이 죽고 아이들만 데리고 오는 바람에 아무런 재산도 없는 상황. 고향에서도 아이만 키우느라 제대로 돈을 벌어 본 적이 없다. 이곳에 와서 할 수 있는 일 역시 마땅치 않았다. 게다가 젖먹이 아들을 비롯해 아직 어린아이들 때문에라도 집을 비울 수가 없다. 경제 활동은 애당초 불가능했다. 그저 유엔난민기구의 도움으로 하루하루 겨우 버티는 상황이다.

문제는 이런 그녀의 상황에 대한 큰 아들의 반응이다. "엄마가 해 줄 수 있는 게 뭐야? 유엔난민기구 사람들 없었으면 우린 다 굶어 죽었어!" 가슴에 대못이 박히는 소리에 화도 못 내고 눈물만 흘려야 했던 디마. 아무리 하잘것없는 일이라도 해서 아이들 앞에서 떳떳해지고 싶지만 당장의 디마는 그럴 수 없다.

누군가는 기구의 지원으로 살아가는 삶이 편하게 누리는 삶 아니냐고도 한다. 하지만 그건 전혀 사실이 아니다. 자립하지 못하는 삶은 모두의 가슴에 생채기를 낸다.

레바논 방문을 준비하면서 시리아 난민을 만날 때 한국에 있는 분들과도 함께 소통할 수 있으면 좋겠다는 생각을 했다. 내 고민을 들은 유엔난민기구 한국대표부 직원 중 한 분이 페이스북이나 인스타그램으로 라이브 방송을 하는 게 어떻겠냐고 제안했다. 해 본 적이 없어 걱정은 됐지만, 현지 소식을 빠르게 전달하고 사람들과 직접 소통도 할 수 있을 것 같아 시도해 보기로 했다.

레바논에 도착해 몇 차례 시험 방송을 해 봤다. 하지만 우리나라와 같은 통신망을 기대한 게 잘못이었다. 결국 난민들을 직접 만나는 순간을 담으려는 계획은 접어야 했다. 레바논에서의 마지막 밤, 베이루트로 돌아와 그나마 통신 상태가 좋은 호텔 방에서야 첫 라이브 방송을 할 수 있었다.

처음에는 간단히 레바논에 있는 시리아 난민의 수라든지, 여러 도시에 흩어져 사는 난민의 생활 그리고 난민에 대한 이해 부족에서 나오는 몇 가지 오해 등을 이야기했다. 이 책에 담긴 얘기와 비슷한 내용이었다.

그리고 내가 이곳에서 얻고 깨우친 것에 대해서도 덧붙였다. 이 활동을 통해 세상을 보는 좀 더 넓은 시야를 얻었고, 어려움 속에서 살아가는 사람들의 가슴속에 있는 상처에 조금이나마 공감하게 되었다는 점, 그리고 내가 접한 이런 것들을 세상에 알리고, 사람들의 고정된 시각을 바꿀 수 있게 돕는 것, 그것이야말로 내가 해야 할 일임을 확인했다는 이야기를 전했다. 이전에도 신문이나 방송 인터뷰에서 했던 이야기였지만 SNS 라이브로 말하는 것은 또 달랐다.

눈물로 망쳐 버린 첫 페이스북 라이브

SNS를 통한 라이브 방송의 장점이 시청 중인 사람들의 댓글을 실시간으로 보며 소통할 수 있는 것이라고들 해, 나도 시도해 봤다. 하지만 나에겐 도저히 가능하지 않은 일이었다. 댓글을 읽으려면 방송을 할 수 없고, 방송에 집중하려면 댓글을 읽을 수가 없었다.

결국 함께한 유엔난민기구 신혜인 공보관에게 댓글을 살펴보며 거기에서 질문을 추려 달라고 부탁했다. 그러다 이번에 만난 난민 중 가장 인상적인 사람이 누구냐는 질문이 나왔다.

생후 20일 된 아기 누어의 이름을 꺼내는 순간, 북받치는 감정을 제어하지 못했다. 방송 사고였다. 나중에 들으니 1분 넘게 아무 말도 못했다고 한다. 아무리 처음이라고 하지만 이런 대형 사고를 치다니.

누어의 가족을 만날 때 차 대접을 받았는데, 나중에 들으니 이들이 차를 내준다는 것은 생각보다 큰일이었다. 차를 탈 수 있는 따뜻한 물이 흔한 곳이 아니었기 때문이다. 갓 태어난 아이에게 분

유라도 먹일라 치면 깨끗한 물을 따로 구해 와 불을 때 끓여야 했다. 그런 물로 내게 차를 타 내놓은 것이다. 그게 떠오르니 누어에 대한 미안함으로 아무 말도 할 수 없었다. 흐르는 눈물을 참아 보려 애를 썼지만 불가능했다.

겨우 마음을 가다듬고 방송을 마쳤다. 스마트폰을 내려놓는 순간 너무 창피하고 한심스러웠다. '난민들을 만나고 와서 그들과의 만남에 대해 차분하고 이성적으로 전달했어야 하는데… 이게 무슨 꼴이람.' 한국에서 방송을 보다 당황했을 사람들을 생각하니 죄송스러웠다. 주위에서는 오히려 그런 모습이 진정성 있게 보였다고 나를 달랬지만 그렇다고 창피함이 사라지진 않았다.

늘 감정적인 태도로 그들을 대변하면 안 된다고 생각하고 또 말해 왔는데, 결국 나도 모르게 감정을 쏟아내 버렸다는 사실에 스스로를 다그칠 수밖에 없었다. 다시 방송을 해 볼까 하는 생각도 들었지만, 그랬다간 또 방송 사고를 낼 것만 같은 마음에 포기했다. 나의 첫 페이스북 라이브는 그렇게 내 부족함을 드러내며 막을 내렸다.

난민 캠프 방문과 유엔난민기구 후원

종종 난민 캠프 방문에 나와 함께하고 싶다는 분들이 있다. 마음은 고맙지만 여러 모로 곤란하다는 사실을 이 기회를 통해서도 알려야겠다.

　내가 난민 캠프를 방문하는 것을 구호 물품을 나눠 주는 등의 봉사 활동을 하러 가는 거라고 생각하는 분들도 많은데, 사실 나는 그들을 물리적으로 돕기 위해 그곳을 찾는 게 아니다. 그곳의 상황을 직접 보고, 그 상황을 더 널리 알리는 것이 주된 목적이다. 그들에게 직접 도움이 되는 것이라면 바깥세상에서도 이 문제에 관심 갖고 있는 이들이 많다는 것을 알리는 정도랄까.

　실무적인 문제도 많다. 일단, 난민 캠프 대부분은 분쟁 지역 근처에 있기 때문에 매우 위험하다. 우리나라 외교부에서 특별히 관리하는 지역일 경우가 많다. 해당 국가에서 입국을 반기지 않을 수도 있다. 나 역시 유엔난민기구의 도움을 통해서만, 그것도 어느 정도 안전이 보장된 곳에만 갈 수 있었다.

　경비 문제도 있다. 나의 경우, 항공비를 비롯해 나에게 들어가는 경비를 직접 부담하고 있다. 유엔난민기구 예산은 한 푼이라도 더 난민 지원에 쓰여야 한다고 생각하기 때문이다. 내가 움직이는 것이 혹시라도 난민들, 난민 캠프, 유엔난민기구에 부담이 되는 것은 아닌지 늘 돌아볼 수밖에 없다.

　난민들에게 도움이 될 거라면서 현물, 특히 입지 않는 옷가지 등을 보내고 싶어 하는 분도 있는데, 그 역시 곤란하다. 유엔난민기구는 기본적으로 난민에 대해 현금 지원을 우선으로 한다. 가능한 물품들은 캠프 주변에서 구입해서 쓰려고 하기 때문이다. 난민과 함께하는 해당 지역의 경제에 보탬이 되게 하려는 목적이다. 이런 노력을 통해 지역 주민들이 난민 수용을 조금이나마 더 우호적으로 바라볼 수 있게 돕는다.

또한 우리나라에서부터 후원 물품을 보낸다면, 우선 배송비부터 적잖게 들 거다. 배송비로 쓰일 돈을 생각하면, 그 돈을 현지에서 필요 물품을 사는 데 더 쓰이도록 하는 것이 현명한 선택이다.

더구나 지원 물품의 우선순위를 따지면 어린이 필수품, 여성 필수품, 교육 관련 품목 순이어서 자신이 안 입는 옷가지 등은 현지에서 급한 물품이 아닐 수도 있다.

그러니 물질적으로 돕고 싶다면 후원금을 내는 것이 여러 모로 좋다. 세계 각지에서 들어온 후원금은 제네바 본부에서 각국 대표부가 모여 각국의 상황을 고려해 배분한다.

후원금과 관련해서 함께 나누고픈 이야기가 있다. 대한민국이 유엔난민기구의 민간 후원금이 세계에서 두 번째로 많은 나라라는 사실 말이다.(1위는 스페인) 상대적으로 기업의 후원금은 부족한 편이고, 정부의 공여금도 한계가 있지만, 개인 후원 차원에서는 우리가 앞에 서는 나라다. 대한민국 국민의 따뜻한 마음을 또 한 번 확인할 수 있는 자료다.

난민 문제를 실질적으로 도울 수 있는 길이 후원뿐인 거냐고 물을 수 있겠지만, 절대 그렇지 않다. 가장 중요한 것은 난민에게 관심을 갖는 것이다. 난민 문제를 남의 나라 문제라고 생각하고 외면하지 않는 것, 내가 사는 곳의 이웃과 사회에 대한 관심을 국제 사회에까지 넓히는 것이야말로 내가 가장 강조하고 싶은 것이다. 그러다 보면 어느 순간, 살아가는 데 서로가 얼마나 강하게 연결이 되어 있는지, 또 연대와 이해가 얼마나 중요한지 자각하게 될 것이다.

내가 현지에서 만난 난민들은 모두 멀리 있는 사람들이 자신들을 잊지 않고 있다는 사실에 크게 감사했다. 우리가 갖는 작은 관심이 이들에게는 또 하루를 버티는 큰 힘이 될 것이다.

난민 발생의 이면에는 내전, 분쟁, 전쟁 등의 갈등이 자리 잡고 있다. 이러한 폭력 사태의 발생 원인에 우리의 이해와 관심이 모이면 한 지역, 국가 간의 폭력 사태를 해결하기 위한 국제적 연대의 목소리가 커질 것이고, 그것은 분명 큰 힘으로 작용해 사태 해결에 긍정적 영향을 끼칠 것이라 믿는다. 난민 문제를 마주하면 할수록, 평화의 소중함을 되새기게 되는 이유이기도 하다.

난민이 발생할 수밖에 없었던 상황을 이해한다면, 난민 역시 우리와 다르지 않은 평범한 사람들임을 알 수 있다. 난민은 우리와 다른 특별한 사람들이 아니라, 갑작스러운 난리로 평범하지 않은 상황에 내몰린 평범한 사람들일 뿐이다. 그 어떤 난민도 스스로 난민의 길을 선택하지 않는다.

그들이 다시 평범한 일상으로 돌아갈 수 있기를 간절히 바란다. 우리가 돕는 것은 한 젊은 영혼이 꿈을 성취하는 과정이고, 또 그를 통해 한 국가가 무너지지 않고 재건되는 과정임을 꼭 이야기하고 싶다.

경계에 선 사람들

이듬해인 2017년에 열린 제3회 난민영화제 개막작이었던 〈경계에서〉라는 다큐멘터리의 내레이션을 맡았다. 〈경계에서〉는 레바논에서 만난 하산 가족을 다룬 작품이었다.

내레이션을 녹음할 때 하산 가족을 비롯해 레바논에서 만난 사람들이 하나하나 기억났다. 녹음하는 내내 그들의 가슴 아픈 사연과 처지가 다시 떠올랐다. 동시에 늘 나를 보고 "우성, 우성" 하며 쫓아다니던 아이들의 밝은 미소도 생각났다.

중동의 파리라고 불리는 레바논의 수도 베이루트. 시내에는 명품 매장도 많고 고급 호텔도 있었다. 안전이 보장된 중심가의 호텔에 묵으면서 한 시간 반씩 차를 타고 빈민가로 가 그곳의 도시 난민을 만났다. 도심 속의 탱크와 중무장한 군인들, 차로 달려들어 구걸하는 아이들. 공포와 희망, 슬픔과 웃음이 뒤섞인 그곳에서, 이들에게도 '삶은 계속 이어지는구나.' 하는 생각을 유독 많이 했던 것 같다.

온갖 어려움이 있겠지만 그럼에도 희망을 꿈꾸며 살아가는 이들을 떠올리며, 또 해맑은 아이들의 웃음을 떠올리며 내레이션 녹음을 마쳤다.

"전 세계적으로 6,500만 명이 넘는 사람들이 집을 잃었다. 어떤 사람들은 계속해서 자기의 삶을 살아갈 수 있다. 하지만 어떤 이들은 경계에 선 채 평화를 기다릴 뿐이다. 이들의 아이들도 여전히 웃는다. 아이들의 웃음 뒤에는 피어나는 꿈이 있다. 전쟁이 없는 미래에 대한 꿈."

도시난민의 삶은 불법 체류자의 그것과 크게 다르지 않다.
그들의 신분을 보증하고 생계를 위한 최소한의 지원을 하는 것,
유엔난민기구가 하는 일이다.
유엔난민기구는 정부가 없는 이들을 위한 정부다.

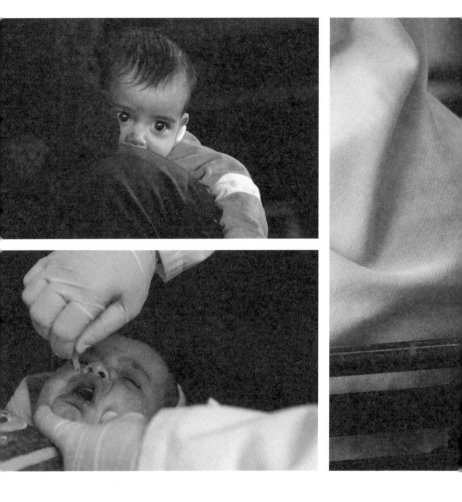

레바논의 한 폐점한 쇼핑몰 건물에서 도시난민으로 지내고 있는 유세프 가족.
시리아에서 농부로 지냈던 그는 레바논으로 온 지 4년이 지났지만
여전히 생계를 위해 하루하루 힘든 싸움을 이어 가고 있다.
유세프 가족의 꿈은 하루 빨리 고향으로 돌아가 예전과 같은 삶을
살아가는 것이다.

4장

전쟁은
언제쯤 끝날까?

2017년 6월 이라크

이라크는 중동 지역의 난민 문제가 집약된 곳이다. 1980년대 이란-이라크전쟁, 1990년대 걸프전쟁에 이어 2003년에는 이라크전쟁이 발발했다. 미국 중심의 다국적군에 적대적인 반군의 무장 투쟁에 이어 수니파와 시아파 간의 갈등, 쿠르드족의 독립 투쟁으로 혼란은 확산되었다. 그것으로도 모자라 시리아 내전으로 인해 대규모 난민이 유입되고, 이라크-시리아 이슬람국가(IS)의 출현까지 이어져 어마어마하게 복잡한 갈등 관계가 펼쳐지고 있다.

이라크에서는 국토의 대부분이 전쟁터가 되었고, 수많은 난민이 발생하고 있다. 끔찍하지 않은 전쟁터가 어디 있고 열악하지 않은 난민 캠프가 어디 있겠냐만 이라크는 우리가 상상하는 그 이상일 것이다. 유엔난민기구에서도 가장 깊은 관심을 갖고 지켜보는 곳 중 하나다. 안젤리나 졸리 유엔난민기구 특사도 다섯 차례 이상 이곳을 방문했다. 그만큼 난민이 처한 실상을 널리 알려야 하는 곳이라는 뜻이기도 하다.

나 역시 이라크에 가게 되었다. 내가 이라크를 방문한 2017년은 이라크 정부군이 모술시를 IS로부터 탈환하기 위한 군사 작전을 펼치고, 이 여파로 대규모의 국내 실향민이 발생하던 시기였다. 레바논에서 시리아 난민을 만나면서 이라크로 간 시리아 난민들은 또 어떻게 살고 있는지도 궁금했는데, 그들도 만날 수 있었다.

"여력이 되면 상점을 열 수 있나요?"

이라크에서의 첫 일정은 북부 도시 아르빌에서 남쪽으로 20킬로미터 떨어진 쿠슈타파 난민 캠프 방문이었다. 쿠슈타파 캠프는 이제까지 보아 온 난민 캠프와 달리 캠프 거주 난민과 도시난민이 섞여 사는 곳이었다. 이들의 비율은 3:7 정도로 도시난민의 비중이 높았다. 본디 난민 캠프는 처음 온 난민들이 일시적으로 머무는 목적의 장소다. 게다가 이곳의 난민 캠프는 전란 속에서 급히 지어졌기에 수용 능력에도, 유엔난민기구의 난민 지원에도 한계가 있었다.

난민들이 언제까지고 난민 캠프에만 머물 수도 없다. 전쟁이 하루 빨리 끝나 그들이 고국으로 돌아갈 수 있다면 좋겠지만, 전쟁은 쉽사리 끝나지 않고 있다. 난민들은 캠프를 벗어나 일자리를 얻고 자족할 수 있어야 쉽사리 끝이 보이지 않는 난민 생활을 버텨

낼 수 있다. 유엔난민기구도 난민들이 난민 캠프 안에 고립되어 살기보다는 레바논에서처럼 가급적 난민 캠프 밖에서 현지 주민들과 어울려 살아가기를 바란다.

이상은 늘 현실의 무게에 짓눌린다는 말이 있다. 난민 캠프로 들어가려고 대기 중이던 하디르 가족의 이야기를 들으며 그 말이 생각났다. 하디르는 도시난민으로 지내면서 닥치는 대로 일을 했다고 한다. 하지만 그것으로 사 남매와 아내를 먹여 살리는 일은 요원했다. 가져온 현금은 바닥난 지 오래였고, 열일곱 살이 된 장남 메히란까지 아버지를 따라 수로 파는 일에 나서야 했다. 하디르는 한창 공부해야 할 나이의 메히란이 일하는 모습을 보면서 아들의 미래를 빼앗아 버린 것 같아 미안했다며 한숨을 쉬었다.

캠프 밖의 도시난민은 쿠르드 자치 정부에서 내준 빈 건물이나 현지 지인의 집에 사는 사람도 있지만, 대체로 현지 주민의 집에 세를 들어 살아야 한다. 월세는 대략 200달러. 메히란까지 일하지만 하디르는 그 돈을 마련하는 게 어려웠다. 결국 하디르 가족은 난민 캠프에 들어갈 수 있게 해 달라고 요청했다.

다행히 보호 신청이 받아들여졌다. 하지만 캠프 안 생활 규칙을 듣는 하디르의 얼굴은 근심으로 가득했다. 자신의 힘으로 가족을 부양할 수 없다는 절망감, 캠프 안 생활에 대한 불안감 등이 엄습했을 것이다. 그 와중에도 나중에 여력이 되면 상점을 열 수 있냐고 질문하는 하디르를 보면서 그래도 미래라는 것, 희망이라는 것을 포기하지 않고 있구나 하는 생각이 들었다.

아버지 시신을 곁에 두고

살마다는 시리아에서 온 40대 여성이었다. 그녀의 딸 둘은 터키를 거쳐 독일까지 가 이제 막 난민 신청을 했다고 한다. 살마다는 나머지 아들 여섯을 데리고 이라크로 넘어와 캠프 생활을 하고 있었다.

캠프 안의 거처는 비가 새는 통에 아이들이 편히 잘 수조차 없어, 어렵사리 모은 돈으로 지붕을 새로 했다. 양철 지붕이었다. 지붕의 재질까지 신경 쓸 여력은 없었다. 양철 지붕은 한낮이 되면 발갛게 달궈졌다. 열기는 집을 사우나로 만들었다. 들어서자 땀이 줄줄 흘렀다. 어떻게 이런 집에서 사느냐고 물었더니, 평소에는 아이들과 함께 집 안에 있는 시간이 별로 없다고 했다. 밤이슬 피하는 게 어디냐는 말을 하는 것만 같았다.

살마다의 걱정 중 하나는 아이들의 기억이었다. 나흘 동안 아버지의 시신을 곁에 두고 벌벌 떨어야 했던 시리아에서의 기억이 아이들에게 평생 상처가 되면 어쩌나 하는 것이었다. 어느 날 갑자기 날아든 총탄에 살마다는 남편을, 아이들은 아빠를 잃었다. 집 앞 거리에서 총탄에 쓰러진 아버지를 살마다와 아이들은 이틀 동안 창 너머로 지켜보기만 했다. 그러다 용기를 내 밖으로 나가 시신을 끌어 집 안으로 들여놓았다. 들여놓기는 했는데 무서워 나가지도 못하고 또 사흘을 시신과 함께 보냈다. 다섯째 날, 살마다는 결국 남편의 시신은 남겨 두고 아이들을 데리고 탈출했다.

어떤 사람이 눈앞에서 총탄에 죽는 것을 보는 것만 해도 큰 충격일 텐데, 그게 다른 누구도 아닌 아빠라면? 게다가 며칠 동안은 아무것도 하지 못하고 그저 그 시신을 지켜보기만 했다면? 그곳을 떠나고 싶어도 날아드는 총탄이 무서워 밖으로 나가지도 못하고 몇 날을 더 벌벌 떨어야 했다면? 아이들이 어떤 감정을 느끼고 무슨 생각을 했을지 짐작조차 되지 않는다. 아이들이 큰 내색은 안 하지만, 살마다는 자다가 벌떡벌떡 깨는 아이들 모습을 종종 본다고 한다.

이것은 살마다만의 문제가 아니다. 난민 대부분은 전쟁통에 가족, 친지, 친구 등이 곁에서 죽는 모습을 본다. 게다가 난민의 절반은 아이들이다. 이들의 불안한 심리 상태는 전쟁이 끝나고 고향으로 돌아가도 쉽게 회복되지 않을 것이다. 이 때문에 유엔난민기구를 비롯한 국제 구호 단체는 노래 부르기, 그림 그리기, 게임하기와 같은 아이들을 위한 치료 프로그램을 가동하고 있지만, 이것은 생존과 생계가 우선인 상황 앞에서 뒤로 밀리기 일쑤다.

이튿날의 일정은 아르빌 북쪽 자동차로 50분 정도 걸리는 함다니야의 하산샴 U3 캠프 방문이었다. 함다니야는 IS의 본거지인 모술과 가까운 곳으로 얼마 전까지만 해도 정부군과 IS 사이에 교전이 있었다고 한다. 우리가 방문했을 때에도 시가지를 조금만 벗어나면 전투 흔적을 찾아볼 수 있었다. 캠프 바로 앞에도 버려진 차와 폭격으로 검게 그을린 땅이 보일 정도였다. 일대가 전쟁터가 되면서 매일 6,000명 이상의 국내 실향민이 발생했고, 이들을 보호하고자 캠프가 2주 만에 급히 만들어졌다. 캠프 주변을 서성거리다가 유엔난민기구 직원으로부터 함부로 돌아다니지 말라는 충고를 들었다. 아직 이곳에서는 종종 지뢰가 발견된다고 했다.

한낮 기온이 47도까지 올라 놀랐는데, 현지 직원은 이 정도면 선선한 편이라며 더위가 절정에 이르는 8월에는 기온계가 50도를 찍는 일이 다반사라고 했다. 캠프가 지어질 때만 해도 난민들은 영하의 기온 속에서 한겨울을 보냈다고 하는데, 이제는 끝 간 데 없는 더위 속에서 여름을 보내야 한다.

그런 기후야 이곳에서 원래 살아왔던 이들에게는 그러려니 할 수 있는 숙명일지도 모르겠다. 하지만 전쟁마저 숙명이라 부를 순 없을 것이다. 그들은 전기도 없고 물도 부족한 이곳에서 기약 없는 삶을 버텨 내야 한다. 전쟁이 언제 끝날지 모르니 언제까지만 버티면 된다는 목표도 있을 수 없다.

더위에 잠깐 볕을 피하려 한 천막을 찾았다. 그곳에는 얼굴에 검붉은 화상을 입은 열 살의 호다가 있었다. 선천적으로 귀가 들리지 않는 청각 장애인인 호다는 우리를 보고 웃기만 했다. 차마 어떻게 다쳤는지를 묻지 못하는 나를 도와주기라도 하듯, 옆에 있던 마뇨레가 '피웅~ 푸와' 하며 포탄이 떨어지는 모습을 흉내 냈다. 마치 포격으로 얼굴에 저런 상처가 난 거라는 이야기를 하는 것 같다. 소녀에게 닥친 불행 앞에서 위로가 될 말 한마디를 못하는 내 앞에서 호다의 어머니는 딸을 위해 늘 소원을 빈다고 말했다. 호다가 수술을 받아 얼굴의 흉터를 고치고, 귀가 열려 말도 할 수 있게 되기를. 그런 소원이 그들의 삶을 지탱해 주는 희망이 되는 걸까.

캠프를 더 둘러본다는 명목으로 자리를 뜨니 호다와 친구들이 졸래졸래 쫓아왔다. 그때 캠프 한편에 걸린 플래카드를 보았다. 이곳 캠프를 지원하는 곳 중 하나인 카타르의 적신월사(이슬람 국가에서 적십자사에 해당하는 단체)의 플래카드였다.

"우리는 당신의 아픔을 느낍니다."

한때 난민이었던 우리 할머니, 할아버지

유엔난민기구 활동을 거듭할수록 난민을 만나는 것에 익숙해질 법도 하지만, 매번 새롭고 걱정되고 막막하다. 그들을 만나고 돌아올 때면 가서 좀 더 많은 사람들에게 알리겠다고 마음먹지만 그 역시 마음대로 되지만은 않는다.

난민 캠프를 방문하고 온 내게 많은 분들이 종종 이런 이야기를 한다. "한국에도 불우한 사람들 많은데, 왜 굳이 외국 사람만 돕는 거죠?"

나는 난민만 돕거나 난민을 우선하여 돕자고 이야기하는 것이 아니다. 우리나라 안에서 힘들게 살고 계신 분들을 외면하자고 이야기하는 것이 아니다. 그런 분들에 대한 관심과 지원이 매우 중요하다. 다만 여유가 된다면 눈을 들어 더 먼 곳을 바라보자고 이야기하고 싶을 뿐이다.

언젠가부터 난민 문제를 우리 역사와 함께 생각하게 된다. 일제 강점기 때 한반도를 떠날 수밖에 없던 선조들, 6·25전쟁 때 집을 떠날 수밖에 없었던 우리 할머니, 할아버지들. 그들 역시 난민이었다.

우리를 도왔던 다른 나라 사람들의 손길이 없었다면 지금의 우리도 없을 거라고 생각한다. 이제는 우리가 국제 사회의 책임 있는 일원으로서 난민 문제에 관심을 갖고 지원해야 한다.

"난민을 돕는 게 우리한테 무슨 이득이 있냐?"고 묻는 사람도 있다. 누군가 어려움을 겪고 있다면 그 사람을 돕는 것은 당연한 일이다. 누군가를 돕는데, 거기서 어떤 이득을 찾는 것은 순수한 마음으로 돕는 게 아니다. 난민 지원은 처음부터 끝까지 인도주의적인 입장에서 진행되어야 한다.

하지만 안타깝게도 지금 우리가 살고 있는 세상에서는 이런 입장을 지극히 이상적이고 낭만적인 태도라고 몰아붙이기도 한다. 우리나라뿐만이 아니다. 전 세계 어디를 가든 마찬가지다. 무언가 일이 터지면 이게 나에게 (또는 우리에게) 이득이 되는지 아닌지부터 평가하려 든다. 그러고는 이득이 없어 보이면 외면한다. 심지어 절대 안 된다고 달려들기도 한다.

물론 생각해 보면 이득이 없는 것도 아니다. 한 국가가 재건되는 과정에서 어떤 나라가 그 나라를 도왔다면, 그 국민과 정부가 그 도움을 기억하고 고마워하지 않겠는가? 또한 그 국가가 재건되고 마침내 경제성장을 이룰 때 우리의 기업이 진출할 수 있는 기회도 마련될 수 있고, 이것은 결국 우리나라의 이익으로 연결될 것이다. 일제 치하와 전쟁을 거친 폐허에서 우리를 도와준 미국을 비롯한 많은 우방국에 우리가 감사의 마음을 갖고 있는 것을 떠올려 보라.

"난민을 왜 도와야 하죠?"

모든 사람이 난민을 도와야 한다고 강요하고 싶지는 않다. 아니, 그렇게 강요할 수 없다고 하는 게 더 맞겠다. 당장 먹고살기도 힘든 사람에게 더 어려운 사람이 있으니 도우라고 할 수는 없는 일이다.

그분들에겐 그분들이 자신의 삶에 더 집중할 수 있게 응원하고 지원하는 게 필요할 것이다. 다만 자신의 삶에 여유가 있다면, 시선을 잠시 바깥으로 돌려 볼 수 있다면, 세상에는 이런 문제도 있으니 함께 고민해 보자고 제안하고 싶다.

대한민국은 유엔난민협약 가입국이고, 아시아 최초로 난민법도 제정한 나라다. 난민을 돕는 것은 그들을 동정하는 게 아니라 국제 사회의 일원으로서 책임 있는 자세를 보이는 것이다.

유엔난민기구 친선대사로서의 궁극적인 목표는 무엇이냐는 질문도 종종 받는다. 한마디로 정리할 수는 없지만, 이런 생각을 해 본 적이 있다. 언젠가 "난민을 왜 도와야 하죠?"와 같은 질문이 더 이상 나오지 않는 날이 온다면, 더 나아가 더 이상 한 명의 난민도 발생하지 않는 세상이 된다면 친선대사로서의 가장 궁극적인 목표를 이룬 게 아닐까 하는.

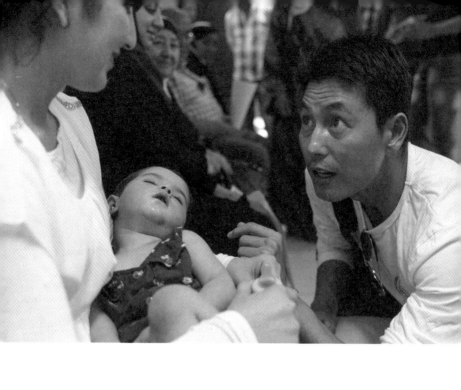

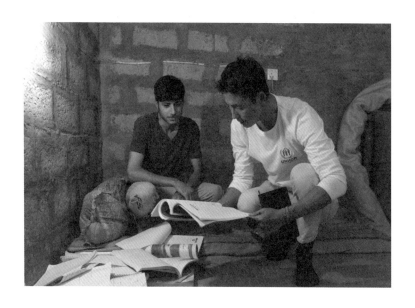

난민들에게 필요한 것은 무한정의 지원이라기보다는 일상의 복원이다.
지원금보다는 일자리를 통해 스스로의 삶을 유지하고 싶은 것이
그들의 바람이기도 하다. 수공예품 등을 만들어 파는 것으로
나름의 경제 활동을 해 가려는 난민 커뮤니티도 적지 않다.

5장

비극은 어디에서
시작되었는가

2017년 12월 그리고
2019년 5월 방글라데시

방글라데시 수도 다카를 거쳐 콕스 바자르에 있는 쿠투팔롱 난민 캠프를 찾았다. 2017년 8월에 발생한 폭력 사태로 62만 명이 넘는 로힝야족이 미얀마 국경을 넘어 방글라데시로 넘어왔다. 이미 30만 명 이상이 머물던 쿠투팔롱 난민 캠프였다. 전 세계에서 가장 붐비는 난민 캠프. 상황이 이렇다 보니 이곳은 식량과 식수 부족은 물론이고 위생이나 영양 결핍 등의 문제가 만연해 있었다.

2017년에는 이미 한 차례 이라크를 방문했기에 추가로 국외 난민 캠프를 방문할 계획은 없었다. 그런데 한국을 방문한 필리포 그란디 유엔난민기구 최고대표와의 만남에서 로힝야 난민들의 상황을 전해 듣고는 가만히 있을 수가 없었다. 그란디 최고대표는 자신이 만난 로힝야 난민 여성 대부분이 성폭행당하고, 아이들 대부분은 부모의 죽음을, 부모 대다수는 아이의 죽음을 목격했다고 전했다. 20년 전에 일어났던 르완다 대학살보다 더 심각하다며 문제의 심각성을 한국에 널리 알려 달라고 부탁했다. 먼저 문제의 심각성을 두 눈으로 직접 봐야겠다고 생각했다. 몇 가지 일정 조정이 이루어지자마자 방글라데시행 비행기에 올랐다.

로힝야족의 수난

로힝야족 이야기는 이번에 처음 들은 게 아니었다. 첫 미션으로 네팔을 방문했을 때 더크 헤베커 대표로부터도 들은 바 있었다. 네팔에 소재한 난민에 대해 들을 때였다. 로힝야족을 가리키며 그는 "세상에서 가장 불행한 민족인 것 같아."라고 말했다. 그때는 지나가는 이야기처럼 들었는데, 그 비극이 이제 눈덩이처럼 커져 있었다.

그들을 만나기 전까지는 사실 조국의 의미를 깊이 생각해 본 적이 없었다. 내 의지와 상관없이 한국이란 나라에서 태어나 그 나라가 나를 보호해 주는 것이 물이나 공기처럼 너무나 당연하게 여겨졌기 때문이다. 그런데 나라가 나의 존재를 부정하는 것도 모자라 재산을 몰수하고 눈앞에서 가족들을 죽인다면, 그 나라를 계속해서 조국이라 부를 수 있을까. 쿠투팔롱 난민 캠프에서 로힝야족의 이야기를 듣고 나니 과연 그들에게 조국은 무엇이었을까, 아니 조국이라는 게 있기는 했을까 하는 생각이 나를 찾아왔다.

로힝야족은 미얀마 서부 일대에 살던 이슬람 신앙을 가진 소

수 민족이다. 미얀마 군사 독재 정부는 수십 년간 이들을 불법 이민자로 규정해 지속적으로 탄압해 왔고, 이는 미얀마가 민주화가 된 이후에도 마찬가지였다. 아니, 민주화 이후 미얀마 정부군은 외려 로힝야족을 더 탄압했다.

그들이 로힝야족을 탄압하는 데는 그 나름의 이유가 있다. 로힝야족은 본디 방글라데시나 인도의 서뱅골 주 일대에 살던 뱅골인 계통 민족으로 영국의 식민 지배 기간에 미얀마로 이주해 온 사람들이다. 영국 식민 당국은 미얀마 사람들, 정확히는 미얀마의 다수 종족인 버마족에게서 빼앗은 땅을 로힝야족에게 넘겨 농사를 짓게 했다.

여기에서부터 비극이 시작되었다. 말도 종교도 얼굴 생김새도 다른 외부인에게 자신들의 땅을 빼앗겼다고 생각한 미얀마 사람들은 로힝야족을 증오했다. 제2차 세계 대전 중에는 버마족은 일본군 편에, 로힝야족은 영국군 편에 서서 전쟁을 벌이기까지 했다.

이 사단을 일으킨 영국은 아무런 조치 없이 식민 지배를 끝내 버렸다. 미얀마가 영국으로부터 독립하자 이번에는 로힝야족에게 불행이 닥쳤다. 미얀마 정부는 로힝야족은 미얀마 국민이 아니라면서 이들을 방글라데시에 가까운 라카인 주로 몰아냈다. 여차하면 추방시키려는 의도였다. 그런데 라카인 주에는 이미 살고 있던 다른 소수 민족들이 있었다. 그들에게 로힝야족은 '굴러온 돌'이었다. 이 과정에서 유혈 사태가 일어났고, 무력 충돌이 확산됐다.

정치적으로 고립된 로힝야족을 IS와 같은 이슬람 원리주의 세력이 군사적으로 지원하면서 로힝야족 일부 집단의 무력 행동은 더욱 과격해졌고, 미얀마군은 이에 강경 일변도로 나섰다. 그때 100만 명 이상의 로힝야족이 국경을 넘어야 했다. 네팔에서 만났던 로힝야 난민이 바로 이때 미얀마에서 탈출한 사람들이다.

방글라데시는 로힝야 난민을 적극적으로 내쫓지 못했다. 국경을 넘는 수십만의 로힝야족을 일일이 막을 수가 없었다. 로힝야족은 방글라데시 사람들과 기본적으로 인종, 종교, 언어가 같아 구별하기도 어려웠다.

방글라데시는 인구 밀도가 세계에서 가장 높은 나라다. 하지만 인구만 많고 가난한 나라다. 1~2만 명도 아니고 수십만 명의 난민을 감당할 만한 여력이 있는 나라가 아니다.

게다가 IS와 연계된 로힝야족의 과격 세력은 뭔 일을 저지를지 모르는 눈엣가시였다. 이는 이웃 나라 인도에게도 마찬가지다. 모두가 로힝야족을 꺼리는 상황이 되었다. 상황이 이러니 안토니오 구테헤스 유엔 사무총장도 로힝야족을 "세계에서 가장 박해받는 민족"이라고 표현할 정도였다.

그간 네팔, 남수단, 레바논, 이라크에서 만난 난민들에게는 공통점이 있었다. 이들은 모두 결국에는 집으로, 고향으로, 고국으로 돌아가는 게 목표였다. 이제껏 내가 만난 난민 중에서는 타국 땅에 정착하려고 했던 사람은 없었다. 일시적으로 좀 더 안전한 환경, 아이들이 충분히 교육받을 수 있는 환경으로 옮겨 갈 생각을 하더라도, 그것은 아이들이 고국을 다시 일으킬 수 있도록 준비시키기 위한 것에 가까웠다. 그래서 유엔난민기구 친선대사로서 나는 사람들을 만날 때마다 이 점을 누누이 강조했다. 우리는 난민이 집으로 돌아갈 수 있을 때까지만 일시적으로 이들을 보호하고 있는 것이라고 말이다.

하지만 로힝야 난민은 달랐다. 그들은 눈앞에서 가족이 총살당하는 모습을, 갓 태어난 아기가 불타는 덤불에 던져지는 모습을 봐 온 사람들이다. 마을 주민 전체가 몰살되거나 뿔뿔이 흩어지는 상황을 반복해서 보고 겪으면서 이들은 무엇을 자신의 조국이라고 불러야 할지조차 잊은 사람들이다.

내가 만난 로힝야 난민 중 그 누구도 선뜻 집으로 돌아가겠다고 말하지 못했다. 죽고 싶지 않으면 당장 떠나라는 말에 맨발로 수백 킬로미터를 걸어 이곳까지 온 이들에게 돌아갈 고향은 없었다. 죽음의 위험으로부터 가까스로 벗어났지만 언제 다시 쫓겨날지 모르는 상황에서 이들은 하루하루를 겨우 버텨 내고 있었다. 과연 이들에게 희망은 무엇일까?

쿠투팔롱에서 만난 사람들

쿠투팔롱 캠프에 도착해서 가장 먼저 방문한 곳은 트랜짓 센터. 난민들은 캠프에 들어오면 이곳에서 가족 현황, 건강 상태 같은 여러 상황을 체크하게 된다.

가장 처음 만난 사람은 55세의 조흐라였다. 그녀는 남편의 죽음을 겪고도 고향에서 더 버텨 보려고 했지만 사위마저 죽임을 당하자 딸 셋을 데리고 국경을 넘었다. 그녀의 눈빛에는 거듭된 고난을 이겨 낸 사람에게서 찾아볼 수 있는 강단이 서려 있었다. 남편의 죽음, 사위의 죽음을 이야기할 때도, 자신처럼 남편을 잃고 혼자가 된 딸에 대해 말할 때도 그의 눈빛은 흔들리지 않았다.

임신 7개월의 코티샤는 미얀마 군인들이 집 밖으로 남편을 끌고 나가 총살하는 모습을 목격해야 했다. 코티샤는 왜 남편이 죽어야 했는지 알지 못한다고 했다. 자신의 일이 아닌 양 남편의 죽음을 무미건조하게 이야기하는 모습에 더 가슴이 아팠다.

무자비한 탄압의 원인으로 늘 언급되는 것들이 있다. 미얀마가 로힝야족에 대해 원한을 품을 수밖에 없는 많은 역사적, 정치적 이유가 줄곧 거론된다. 하지만 아무리 그렇다고 해도 미얀마 정부의 무자비한 탄압은 대부분의 로힝야 난민들에게는 이해할 수 없는 것이었다. 그저 견디기 어려운 폭력일 뿐이었다.

내가 만난 로힝야 난민 대다수는 자신들이 탄압받게 된 정치적, 역사적 배경에 대해 잘 모르고 있었다. 로힝야족 문제는 단순하게 선악을 구분하기 힘든 복잡한 문제일지도 모르겠다. 하지만 로힝야 난민이 겪는 고통 그 자체는 복잡할 것이 없다. 누구라도 그들의 고통 앞에 선다면, 이 고통은 끝내야만 한다는 결론에 다다를 것이다.

그들이 탄압을 받게 된 배경에는 정치적, 역사적인 것뿐만 아니라 종교적인 것도 있다. 대부분이 불교도인 미얀마에서 이슬람교도인 로힝야족이 차별과 탄압의 대상이 된 것이다.

이제까지 만나 온 다른 난민의 고통 뒤에도 많은 경우 종교가 자리하고 있었다. 종교 간의 다툼도, 종교 내부의 다툼도 있었다. 인간이 살아가면서 겪는 고통을 달래고자 만들어졌을 종교가, 서로 사랑하고 생명을 죽이지 말라고 부르짖는 종교가 왜 이렇게 인간을 더한 고통으로 내모는지 이해하기 힘들 때가 많다. 우리가 추구하는 종교가 과연 신의 요구에 부합하는 종교인가 하는 의심도 들곤 한다.

쿠투팔롱 캠프는 산 하나를 통째로 밀어서 만든 곳이다. 끝없이 국경을 넘어오는 로힝야 난민을 위해 방글라데시 정부가 내놓은 해법이었다. 난민들은 나무를 베어 내 그 나무를 가지고 얼기설기 엮어 집을 지었다는데, 그 집들의 행렬에 끝이 보이지 않았다. 조악하게 나무로 지어진 데다가 빽빽할 정도로 다닥다닥 집이 붙어 있다 보니 화재는 물론이요, 질병과 홍수 피해의 위험도 늘 도사리고 있다.

　땔감을 구하는 것도 일이다. 집만 끝없이 이어지고 있어서 땔감을 얻을 수 있는 곳까지 수십 킬로미터를 걸어가야 하는 경우도 있다. 땔감을 구하러 그렇게 먼 길을 가다가 실종되거나 인신매매의 대상이 되기도 한다.

　난민 대부분이 그렇듯 이곳에서도 절반 이상이 아이들이다. 지난 몇 달 사이 미얀마에서 쫓겨 온 난민들은 영양 결핍이 특히 심각했다. 유니세프에서 로힝야 난민 아동 5만 9,000여 명을 진찰했는데, 그중 9,000여 명이 영양실조 상태였다. 아이들 여섯 명 중 한 명이 영양실조라는 말이었다. 유엔난민기구에서도 이곳에 후원금을 집중적으로 배분했지만 걷잡을 수 없이 늘어나는 난민들에게 식량과 의약품을 안정적으로 지원하기에는 태부족이었다. 난민 캠프에 수용 가능 이상의 난민이 몰리다 보니 모든 물자가 부족할 수밖에 없었다.

쿠투팔롱에 있는 난민들의 거처는 매우 빽빽하게 줄지어 있다. 처음에는 난민들이 삽시간에 늘어나면서 땅이 부족해져 집과 집 사이가 이렇게 좁아졌나 보다 했다. 그런데 현지에서 일하는 유엔난민기구 직원의 이야기를 들어 보니 이유가 그것만은 아니었다. 오랜 시간 박해와 폭력에 시달린 로힝야 난민들은 누구라도 아는 사람이 있으면 되도록 그 사람 가까이에 집을 짓고 밀접하게 교류하면서 조금이라도 더 안정감을 느끼고자 한다는 것이다.

낭만적인 낙관론이 끼어들 틈도 없었다. 그동안 많은 난민을 봐 왔지만 로힝야 난민처럼 암담한 삶은 처음이었다. 난민들은 쿠투팔롱에서 가까스로 안전을 되찾았지만 이들의 얼굴에서 희망을 찾아보기는 어려웠다.

더 큰 비극을 막고 있는 사람들

난민을 양산하는 문제에 대해 이분법적으로 선악을 구분하기 어려운 경우도 많다. 이런 경우 결국은 각 정부가 입장을 조율하며 정치적인 해결책을 찾아야 한다. 하지만 그 답을 찾는 시간 동안에도 난민들의 희생은 계속된다.

　누군가는 그간의 사정이나 이유를 묻지 않고 당장의 고통스러운 삶을 살아가는 사람들을 보호해야 한다. 유엔난민기구를 비롯한 인도주의 구호 기구들이 필요한 이유도 바로 여기에 있다. 이들의 활동이 없다면 이 세상은 지금보다 더욱 큰 비극들로 가득 찼을 것이다.

　여전히 세상에는 다른 이의 고통을 그냥 지나치지 못하는 사람이 있고, 그 덕에 세상이 조금씩이나마 나아지고 있다고 믿는다.

방글라데시 쿠투팔롱에 있는 로힝야 난민촌무 세계 그 어디보다
상황이 가장 안 좋다. 끝임없이 이어진 판잣집으로만 이루어진
도시를 상상할 수 있는가?

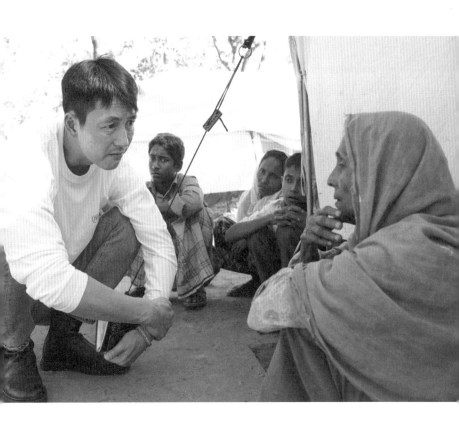

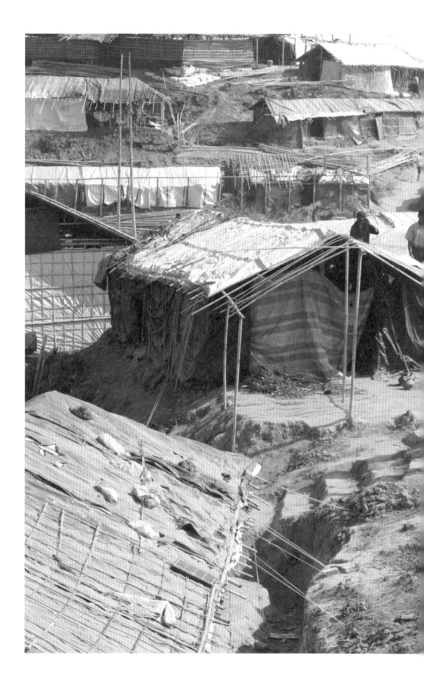

가족의 죽음을, 그것도 총살을 눈앞에서 확인한다는 것은 어떤 것일까?
로힝야 사람들은 이유도 모른 채 가족의 죽음을 경험하고 있다.

방글라데시 쿠투팔롱 난민촌에는 손을 뻗으면 닿을 만큼 가까운 곳에 미얀마가 보이는 고지가 있다. 미얀마는 로힝야 사람들이 어쩔 수 없이 떠나온 그리운 고향이다.

눈앞에 고향을 두고도 가지 못하는 사람들. 나고 자란 국가를 조국이라고 부르는 것이 당연하지 않은 사람들. 이웃의 집에 놀러 가고, 일을 하고, 아이들을 학교에 보내는 당연한 권리조차 익숙하지 않은 사람들. 이것이 내가 아는 로힝야 사람들이다.

2019년 5월, 방글라데시 콕스 바자르에서 나는 이들을 다시 만났다.

대규모 폭력 사태가 발생한 지 얼마 되지 않았던 2017년 12월, 쿠투팔롱 난민촌에서 내가 만난 이들은 자신의 이야기를 꺼내기 힘겨워 했다. 삶의 터전이 불태워지고 가족의 죽음을 목격한 기억이 생생한 사람들에겐 당연한 일이다. 그들은 말보다 눈빛으로 내게 더 많은 이야기를 전했다.

　그로부터 1년 반이 지났다. 이들의 고통은 지금도 계속되고 있지만 이들의 이야기는 세상으로부터 점차 멀어지고 있는 게 아닌가 하는 생각이 들었다. 누군가는 이들의 이야기를 계속해서 전해야 한다고 생각했고, 그렇게 유엔난민기구와의 일곱 번째 현장방문지가 방글라데시에 있는 로힝야 난민촌으로 결정되었다.

2014년 유엔난민기구와의 활동을 시작한 이후, 방문했던 난민촌을 재방문해 만났던 난민을 다시 만나기는 처음이었다. 2017년 만났던 가족들 가운데 두 가족을 다시 만났다.

　2017년에 트랜짓 센터에서 만났던 조흐라는 현재는 두 딸, 그리고 손녀와 함께 쿠투팔롱 캠프4에 머물고 있었다. 조흐라는 2017년 만났을 때보다 한결 나아 보였다. 다시 만난 조흐라는 얼굴을 맞대고 앉은 내가 땀을 비 오듯 흘리는 모습을 보고는 자신도 날이 너무 더워 하루에도 몇 번씩 공동샤워구역으로 씻으러 간다며 활짝 웃었다. 상처가 완전히 아물지는 않았겠지만 다시 찾아온 이방인에게 친근한 마음을 전하려는 그 모습에 왠지 모를 고마움과 안도감을 느꼈다.

　캠프 안에서의 생활에 대해 대화를 이어가던 조흐라가 속삭이듯 조심스럽게 내게 두 딸과 손녀의 미래에 대한 걱정을 털어놓

왔다. 이런 순간이 오면 늘 말문이 막힌다. '이 사태는 대체 언제쯤 끝나는 것일까?'

누라이샤의 가족도 2017년 트랜짓 센터에서 만났었다. 누라이샤의 두 딸 모리암과 파트마는 2년 새 훌쩍 자라 있었다. 다시 만나게 된 나와 눈이 마주치자 누라이샤의 눈시울이 바로 붉어졌다. 잊지 않고 다시 온 이방인을 향한 고마움을 비롯해 많은 감정을 담고 있는 눈빛이었다.

2017년 8월 미얀마 군부의 탄압으로부터 급히 피신하던 누라이샤는 남편과 반 년 넘게 연락이 끊겼다. 가족 전원은 다행히 쿠투팔롱 난민촌에 무사히 도착했고 유엔난민기구의 도움으로 재회할 수 있었다. 유엔난민기구의 난민등록과정은 가족 단위로 진행되기 때문에 흩어진 가족을 찾는 데 많은 도움이 된다. 보호자를 동반하지 않은 미성년자라면 이와 같은 절차를 통해 가족을 찾는 게 특히 더 중요하다.

다행히도 남편과 재회했지만, 누라이샤의 고통은 계속되고 있었다. 미얀마에서 일어난 폭력 사태로 허리를 크게 다친 남편 대신 누라이샤가 가장 역할을 해야 했다. 어린 두 딸이 정규 교육을 받지 못하고 있다는 사실도 누라이샤를 힘들게 했다.

44만 명이 넘는 로힝야 아이들이 모리암과 파트마와 같이 교육 적령기에 있으나 여러 제약으로 정규 교육을 받지 못하고 있다.

유엔난민기구 배움터에서 기본적인 교육을 제공하고 있지만 졸업
장이나 공식 수료증이 없는 이 교육을 받은 아이들이 방글라데시나
미얀마에서 정규 교육을 이어 나가기는 어려울 것이다.

미얀마에서 겪은 끔찍한 경험에도 불구하고, 누라이샤는 자신
의 나라로 돌아갈 수 있는 그 날을 꿈꾸며 남편과 자주 고향에 대
한 이야기를 나눈다고 했다. "아이들이 안전할 수만 있다면, 우리
가족이 미얀마의 다른 사람들과 마찬가지로 존중받으며 평범하게
살아갈 수만 있다면 언제라도 돌아가고 싶어요."

유엔난민기구의 중요한 역할 중 하나는 난민들이 단순히 생존하는
것이 아니라 인간으로서 존엄성을 유지하며 난민 생활 중에도 일
반인과 다름없이 배우고, 능력을 계발하고, 미래를 준비하고, 꿈을
꿀 수 있도록 돕는 것이다. 유엔난민기구가 말하는 난민 '보호'의
개념에는 이 역시 포함된다.

난민 생활이 장기화되고 있는 쿠투팔롱 난민촌에서도 이와 같
은 노력이 진행되고 있다. 난민을 대상으로 필요를 파악하여 이들
이 스스로 생존과 인간 존엄성 사이 간극을 좁히는 활동을 할 수
있는 기회를 마련해 주는 것이다. 여성의 권리 신장, 임산부 보호,
장마와 태풍에 대비한 토지 정비 사업, 도로 정비, 전염병 예방, 또
이 지역을 이동 통로로 삼던 코끼리와 인간의 접촉 예방 등 다양
한 활동이 난민으로부터, 그리고 난민에 의해 이루어진다. 이러한

활동은 난민촌에서의 긴긴 하루를 무기력하게 흘려보낼 수도 있는 청년층 난민들에게 특히 큰 활력 요소가 된다.

"난민은 우리와 다를 것이 없는 똑같은 사람들입니다. 우리가 아무리 보호하고 지원한다고 하지만 난민촌에서 필요한 것은 난민 자신들이 가장 잘 알 것입니다. 그 누구도 난민 그 자신보다 더 정확하게 그들의 필요에 대해 이야기할 수 없습니다. 그렇다면 당연히 모든 계획은 캠프 안의 사람으로부터 시작되어야 하겠죠." 유엔난민기구 콕스 바자르 사무소의 대표인 마린 딘 카조카지는 이러한 프로젝트가 쿠투팔롱 난민촌의 핵심이 되어야 한다고 믿는다.

실제로 로힝야 자원봉사자들을 만나 본 후 이 프로그램이 그들에게 얼마나 심리적으로 큰 힘을 발휘하고 있는지 확인할 수 있었다. 무언가 조금이라도 가치 있는 일을 할 수 있다는 것은 인간의 삶에서 결코 작은 의미가 아니다.

일정의 마지막 날 다시 찾은 쿠투팔롱 트랜짓 센터에서 한 달 전 방글라데시로 피신한 마흐무드 가족을 만났다. 그 수가 많이 줄어들기는 했지만 로힝야 난민들은 여전히 탄압과 박해, 때로는 목숨의 위협을 피해 방글라데시로 피신하고 있다.

세 아이의 아버지인 마흐무드는 미얀마에서 계속되는 어려움에도 불구하고 그곳이 '나의 나라'이기 때문에 도망치지 않고 버텼다고 했다. 하지만 이제는 아내와 아이가 갈아입을 옷부터 생활에 필요한 모든 것이 급한 마흐무드. 그의 궁극적인 꿈은 당연히 자신의 나라 미얀마로 돌아가는 것이다. 그는 자신의 나라가 민주주의 국가이며, 그 국가의 일원으로서 당연한 기본권을 누리고 싶다고 이야기했다. 그가 말하는 기본권은 오늘날 대한민국 국민에게는 물과 공기처럼 당연한 것들이다. 마흐무드는 말했다.

"이동의 자유, 일을 할 수 있는 자유, 일을 통해 생계를 이어 나갈 수 있는 자유, 땅을 소유할 수 있는 자유, 아이들이 교육을 받을 수 있는 자유. 미얀마의 다른 사람들과 다를 바 없이 동등한 자격을 누리며 살고 싶습니다."

방문 기간 중 난민 업무를 총괄하는 방글라데시 정부 부처의 수장도 만났다. 자국의 경제적 어려움에도 불구하고 방글라데시는 공식적으로 난민을 막기 위해 국경을 폐쇄한 적이 없으며 수십 년간 계속해서 관대하게 로힝야 난민을 수용하고 보호해 왔다. 그는 이러한 관대함의 근간은 정부가 아닌 국민이라고 했다. 난민을 관대하게 수용하는 국가의 일원이라는 방글라데시 사람들의 자긍심은 방글라데시 지역 사회와 로힝야 난민을 보다 가깝게 묶어 주었다.

하지만 100만 명은 결코 적은 수의 사람들이 아니다. 자원을 나눠야 하고, 환경 오염에 대한 우려가 생기고, 사회경제적으로 야기될 수 있는 여러 이해 충돌 등이 장기화된다면 지역 주민들의 지속적인 환대를 기대하기 힘들다. 방글라데시 정부의 고민과 우려도 이 지점에 놓여 있다.

6장

갑자기 찾아온
이방인들

2018년 6월 제주

2018년 6월 20일, 다시 찾아온 세계 난민의 날을 맞아 내 인스타그램 계정에 전에 방문했던 방글라데시 쿠투팔롱 난민 캠프 사진과 함께 난민에 대한 관심을 호소하는 글을 올렸다.

"이곳은 제가 지난해 말 방문했던 방글라데시 쿠투팔롱 난민촌입니다. 세계 최대 규모의 난민촌인 이곳에는 여전히 수십만 명의 로힝야 난민들이 기약 없는 귀환을 기다리며 살아가고 있습니다. 오늘은 세계 난민의 날입니다. 전 세계에서 6,850만 명의 사람들이 집을 잃었다고 합니다. 이 중 1,620만 명은 2017년 한 해 동안 집을 잃었습니다. 오늘 난민과 함께해 주세요. 이들에 대한 이해와 연대로 이들에게 희망이 되어 주세요."

제주도 예멘 난민 신청자 관련 유엔난민기구의 입장문도 함께 올렸다. 그 즈음 급증한 제주도에 도착한 예멘 출신 난민 신청자를 정부와 제주도민이 돕고 있는 데에 감사를 표하는 글이었다. 마지막에는 예멘은 현재 심각한 인도주의적 위기에 놓여 있기 때문에 난민 신청자에 대한 강제 송환은 안 된다는, 어찌 보면 유엔난민기구로서는 당연한 입장 표명도 포함되어 있었다.

난생처음 겪은 대규모 안티

하루가 지나기도 전에 인터넷에서는 난리가 났다. 나와 유엔난민기구의 활동을 지지하는 사람이 있는가 하면, 이에 대해 비판적인 의견을 보여 온 사람도 있었다. "난민 문제를 감상적으로 접근하면 안 된다."라거나 "난민 수용을 금지해 달라고 요청하는 사람들도 있는데, 이들의 입장도 모르면서 희망을 이야기하지 말라."는 의견도 있었다. 심지어 "가진 자만 할 수 있는 생각"이라거나 "난민은 한 명도 대한민국에 들여놔서는 안 된다."는 의견도 있었다. 청와대 국민청원 홈페이지에는 난민 신청 허가를 반대하는 청원에 참여자 수가 70만 명이 넘기도 했다.

2014년에 처음 유엔난민기구 활동을 시작한 후, 내 소임을 다하기 위해 수시로 방송과 신문 인터뷰를 하고 SNS에 글과 사진을 게재해 왔다. 하지만 이런 반응은 처음이었다. 하루 이틀 지나도 좀체 잦아들지 않았다. 하루에도 수십, 수백의 비판과 비방이 쏟아져 나왔다. 이제껏 내 연기의 부족함을 지적하거나 이런저런 비판

의견을 제법 만나 왔지만, 그 모든 것을 다 합쳐도 이 정도는 아니었다. 데뷔 20여 년 만에 처음이었다.

주변에서 이런 반응에 무척 당황했다. 또 많은 분들이 나를 걱정해 주셨다. 유엔난민기구 한국대표부도 곤혹을 치렀다. 하지만 나는 그 상황에서 크게 놀라지 않았다.

미션을 거듭하면서 '이들이 지금 한국으로 들어온다면, 과연 우리 사회가 이들을 받아들일 수 있을까? 우리는 이들에 대해 얼마나 공감할 수 있을까? 과연 우리 사회는 난민을 얼마나 이해하고 있을까?' 하는 질문을 스스로 던져 보곤 했다. 나 역시 이 문제가 체감하기 무척 어려운 문제임을 알고 있었기에 그런 반응들이 놀랍기만 하지는 않았다. 다만 예상했던 것보다 일찍 상황이 벌어졌기에 더 격렬한 반대가 일어나지 않았을까 싶었고, 그래서 반대 입장을 가진 사람들을 이해하려는 노력도 필요하다고 생각했다. 그 이해를 바탕으로 이들에게 잘 설명하고 이들을 잘 설득해야 한다는 생각이 들었다.

어떻게 보면 매년 해 오던 것처럼 세계 난민의 날을 맞아 난민에 대한 관심을 촉구하는 게시물을 올린 일일 뿐이었다. 당시 제주에 도착한 예멘인들과 관련한 유엔난민기구의 공식 입장문을 함께 올린 게 다른 때와의 차이라면 차이였다.

한 지인은 "그 어떤 예멘인도 강제 송환되어서는 안 된다는 것이 유엔난민기구의 단호한 입장이다."로 끝내는 유엔난민기구 한국대표부의 입장문이 사람들의 심기를 거스른 건 아니냐고 했다. 그럴 수도 있겠다. 난민 보호를 사명으로 하는 국제기구의 입장문이기에 강력한 논조를 띨 수밖에 없는 특성이 있는데, 익숙지 않은 단호한 표현에 놀란 사람도 많았을 것이다.

내 생각에는, 그간의 난민 문제는 남의 나라 문제로만 여겨졌기에 관대할 수 있었는데 반해, 이 문제가 눈앞에 닥친 나의 문제로 인식되자 보다 솔직한 이야기가 나오기 시작한 게 아닌가 싶다. 그렇기 때문에 지금 시작되는 우리 사회의 난민 문제에 대한 소통이 중요하다. 잘못된 정보와 엇나간 감정을 거두고 차분하게 눈을 맞추면서 대화해 나가야 할 때다.

'정우성에게 악플이?' 배우 활동에 지장 있는 것 아니냐며 걱정해 주시는 분도 많았다. 배우는 대중 속에서 이미지로 먹고사는 직업이니 과한 걱정이 아니다. 하지만 설령 그렇다 하더라도, 내 먹고사는 일에 악영향이 미칠까 봐 외면할 수는 없다. 유엔난민기구 친선대사이기도 한 내가 난민 문제에 함구할 수는 없는 것이다. 대중의 사랑으로 얻은 명성을 사회에 환원한다는 측면에서도, 개인의 이해를 앞세워 방관하는 건 옳지 않다고 생각한다.

사람들이 어떤 생각으로 그런 말을 하는지 알 필요가 있다는 생각에 일단 댓글을 하나하나 모두 읽어 보았다. 스타 정우성에 대한 댓글은 잘 읽지도 않고, 어쩌다 읽더라도 별로 신경 쓰지 않는다. 거기에 달려 있는 칭찬이라 할지라도 그건 내 것이 아니라고 생각하기 때문이다. 그런데 이번에는 달랐다. 이 여론이 많은 난민들과 유엔난민기구에도 영향을 줄 수밖에 없기에, 내가 괜찮다고 그냥 넘길 수 있는 게 아니었다. 그들과 소통하기 위해 그들이 왜 이런 목소리를 내는지를 알아야겠기에 댓글을 읽어 가며 이면에 있는 그 마음을 이해해 보려고 했다.

난민 문제는 결국 우리 사회의 문제

수많은 댓글을 읽으며, 사람들의 난민에 대한 우려와 걱정이 난민 그 자체를 향해 있지는 않다는 생각이 들었다. 사람들의 우려와 걱정은 난민 그 자체에 대해서라기보다는 자신의 삶에 대한 것이었다. 국가의 역할에 대한 것이었다. 국가가 국민의 안전과 소득과 기본 생활을 제대로 돌봐 왔는지 묻고 있는 것 같았다.

제주도 난민 수용 반대 여론이 특히 20대에서 높았다는 조사 결과를 놓고 '20대의 보수화'라며 단순히 이야기하는 사람도 있다.

나는 동의할 수 없다. 지금의 20대가 무슨 잘못을 했는가?

지금 20대가 처해 있는 경제적 어려움에 국가가 어떤 자세로 대처했는지를 먼저 생각해 보자. 등록금, 취업, 결혼 뭐 하나 해결되는 것 없이 오로지 자신의 힘만으로 삶을 책임져야 하는 이 순간에, 갑자기 500여 명의 예멘 난민이 제주도에 오더니 나도 못 받는 혜택을 받는다? 그럴 때 어떻게 상대적 박탈감을 느끼지 않을 수 있겠는가.

그런데 지금 20대가 겪고 있는 어려움이 오로지 20대의 잘못에서 기인한 것일까? 아니다. 기성세대가 만들어 놓은, 제대로 정비하지 못한 시스템의 부작용이 지금 펼쳐지고 있는 것이다. 지금 젊은 세대의 반난민 정서는 '시키는 대로 했는데 왜 우리만 피해를 봐야 해?'라는 기성세대를 향한 항변이 아닐까?

여성들의 우려도 마찬가지다. 지금껏 성범죄나 안전 문제를 안일하게 처리해 온 국가 권력이 혹시 모를 위협으로부터 자신들을 충분히 지켜 주지 않을 거라는 의심이 그 밑바탕에 있을 것이다.

결국 지금 이 시점 대한민국에서의 난민 문제는 난민 문제로 따로 존재하는 것이 아니다. 우리 사회의 문제를 그대로 담고 있다. 난민을 받자, 받지 말자 하는 게 핵심이 아니라고 본다. 국가를 향해 '난민만 챙기지 말고 우리도 좀 챙기세요. 여기 우리도 있어요!'라고 외치는 목소리로 내게는 와닿았다.

예멘인들의 난민 신청 문제로 우리 사회가 갖고 있는 어떤 갈

등이 분출되었다고 본다. 좋은 기회라고 생각한다. 이를 잘 해결해 가면 좀 더 성숙한 대한민국으로 거듭날 것이다. 이번 일이 우리 사회 안에서 소외된 계층을 확인하고 이를 돌볼 수 있는 기회가 되었으면 한다. 또 이를 바탕으로 국제 사회에서도 난민 문제를 비롯한 여러 이슈에서 맡은바 역할을 더욱 잘 해낼 수 있는 대한민국이 되었으면 한다.

제주도에 온 예멘 난민, 진실과 오해

2018년에는 세계 난민의 날 즈음하여 제주포럼에 참석해 달라는 요청을 받았다. 제주국제컨벤션센터에서 열린 제13회 평화와 번영을 위한 제주포럼 중 특별 세션인 '길 위의 사람들: 세계 난민 문제의 오늘과 내일'에 참석하여 jtbc 김필규 기자와 대담을 나누었다.

　제주도에 갑자기 찾아든 예멘 난민 신청자를 두고 검증되지 않은 다양한 이야기들이 돌고 있었는데, 마침 '팩트 체크'로 유명한 김필규 기자가 항간에 떠도는 추측성 정보를 모아 물어 주었다. 관련된 오해를 바로잡고 싶었는데, 적절한 기회를 마련해 주어 고마웠다. 그때 나온 이야기를 바탕으로 몇 가지 오해에 대해 정리해 보자면 다음과 같다.

오해 1: 전쟁 범죄자나 테러리스트도 난민으로 인정받을 수 있다.

유럽 등에서 벌어지는 테러 때문인지 난민들 사이에 범죄자나 테러리스트가 침투해 있지는 않은지, 그리고 이들이 우리나라에 들어와 문제를 일으키지는 않을지 걱정하는 사람이 많다. 하지만 이런 걱정은 다소 과장된 측면이 있다.

우리에게는 매우 엄격한 난민 심사 과정이 있다. 난민 심사는 여권 확인하고 간단히 면접만 하는 수준이 아니다. 난민지위협약과 국내 난민법에 따라 국제 기준에 맞추어 매우 엄격하고 까다로운 절차를 거쳐 진행된다. 난민 신청자는 그 과정에서 자기 신분을 완벽히 공개해야 하기 때문에 범죄자나 테러리스트가 난민 인정을 받을 가능성은 거의 없다. 자국에서 그리고 심사국까지 오는 과정에서 범죄 기록이 있다면 난민으로 인정받기 어렵다. 심사하는 국가 차원에서도 이들을 한번 잘못 받아들이면 매우 곤란해지기 때문에 그 사람이 그 나라에서 무슨 일을 했는지, 왜 우리나라에 왔는지 등을 치밀하게 조사한다. 그러다 보니 심사 과정이 길어지고, 수백 명의 대기자가 생기고 하는 것이다.

오해 2: 난민 신청자들은 취업 브로커를 통해 난민으로 위장한 자들이다.

예멘 난민 신청자 상당수가 불법 취업을 목적으로 우리나라에 왔으며 심지어 브로커까지 개입하고 있다는 내용이 언론을 통해 보도되기도 했는데, 이것은 오해다. 법무부 발표에 따르면, 난민 지위 인정 신청 서류를 제출하는 데 도움을 주려고 몇몇 행정사들이 예멘인들과 함께 민원실을 방문했는데 이를 두고 브로커로 속단한 것 같다는 거다.

우리도 법률 지식이 없으면 변호사 등의 도움을 받는다. 하물며 생판 남의 나라인 대한민국에 들어온 예멘 사람들이 난민 신청을 어떻게 할 수 있겠는가. 두 측 사이에서 이를 연결해 주는 역할을 하며 수수료를 취하는 이를 브로커라고 한다면, 브로커는 어디에든 있다고 볼 수 있다. 그중에는 난민을 성심성의껏 돕는 브로커도 있을 테고, 갈취하거나 나쁜 쪽에 빠뜨리는 브로커도 있을 것이다. 나쁜 브로커들이 활동하지 못하도록 하는 것은 중요하다. 하지만 중간에서 그들을 돕는 이들을 모두 불법적인 존재로 보는 것은 문제가 있다. 또한 우리 정부의 심사 과정에서 나쁜 브로커의 가짜 서류가 통할 수도 없다. 대한민국 정부는 그렇게 만만한 대상이 아니다.

오해 3. 대부분의 난민은 재입국 길 찾는 위장이다?

난민은 경제적 목적의 이주민과 다르다. 갑작스러운 난리에 살 곳을 잃어버린, 그곳에서 계속 산다면 삶의 지속이 보장되지 않기에 어쩔 수 없이 떠난 사람들이다.

내가 캠프에서 만난 거의 모든 난민들의 꿈은 고국으로, 평화를 되찾은 고국으로 돌아가는 것이었다. 그들은 현재의 상태를 안정된 일상이라고 생각하지 않는다. 이들은 보호국에 머물러도 그곳에서 영구적으로 정착하려고 하지 않는다. 고향으로 돌아갈 수 있을 때까지 잠시 머문다고 생각한다. 하루 빨리 잃어버린 자기의 삶을 되찾고자 하는 게 그들의 마음이다.

자녀의 치료나 교육 등의 목적으로 한시적으로 체류하기를 원하는 경우도 있고, 그래서 귀화를 신청하는 경우도 있다. 귀화 과정 역시 엄격한데, 이 어려운 과정을 통해 귀화에 성공하더라도 결국 다시 자신의 나라로 돌아가기를 원하는 경우가 많다.

우리 역사를 생각해 보자. 구한말부터 일제강점기까지 만주, 연해주, 중국, 일본 등으로 옮겨 간 사람들은 평생 그곳에서 살 생각을 품고 고향을 떠났을까? 언젠가는 돌아가겠지 하는 마음에 마지못해 떠났고, 언젠가는 해방된 고국으로 돌아가 살겠다는 꿈을 꾸었을 것이다. '임시정부'라는 말에서부터 '일시적'이라는 뜻이 담겨 있지 않은가. 지금의 난민들도 마찬가지다. 모든 난민들의 꿈은 고국, 고향으로 돌아가는 것이다.

난민은 자발적으로 이동하는 이주민과 다르다. 그 구분을 위해 엄격한 난민 심사 과정이 있는 것이기도 하다.

오해 4: 이슬람 난민은 위험하다

이슬람 난민을 받아들인 유럽 사례를 들며 테러나 성범죄 같은 범죄가 일어날 거라고 우려하는 의견도 많고, 이를 부풀린 가짜 뉴스도 많다. 극히 일부 극단주의 성향의 무슬림 난민이 그랬다고 전체 무슬림 난민이 다 그럴 거라고 속단할 수 있을까?

유엔난민기구의 통계 자료를 보면 난민 출신의 범죄자 비율은 아주 낮다. 기존 거주민 범죄율보다 훨씬 낮다. 또한 한 사회에 소속돼 살아가고 있는 사람이 어떤 범죄를 저지르는 것을 난민 문제라고만 볼 수 있을까? 개인의 일탈 문제로 보는 게 더 합당하지 않을까? 그리고 그런 문제가 발생하면 그 사회의 법체계에 따라 그에 맞는 처벌을 하면 된다.

매우 안타까운 일이지만, 2007년 미국 버지니아에서 한 한국계 청년이 무차별 총기 난사로 수십 명을 죽음으로 몰고 간 끔찍한 사건이 있었다. 그런데 미국인들이 그것을 가지고 한국 사람들 중에 살인마가 더 있을지 모른다고 단정지어 버렸다면 어땠을까?

극히 소수의 사례를 가지고 난민 전체를, 특히 이슬람 난민을 잠재적 범죄자로 규정하는 것은 난민을 우리와 동등한 인격체로 보지 않은 차별적인 시각이다. 난민을 오해와 편견의 눈으로 바라보면 온통 불안해 보일 수밖에 없다. 차분한 시선과 정확한 정보가 필요한 이유다.

오해 5: 예멘 내전은 우리가 관여할 바가 아니다.

어떤 사람들은 수니파 정부와 시아파 반군 사이에서 벌어진 예멘 내전을 두고 "왜 자기들 종파 싸움을 우리가 신경 써야 해?"라고 반문한다. 그런데 잘 살펴보면 분쟁의 이면에는 서구 열강의 이해 관계가 깊이 간여하고 있다. 단순히 종파 갈등 문제로 보일 수도 있겠지만, 모두 정치권력이나 자원 배분의 문제가 걸려 있다. 그래서 분쟁과 전쟁의 고리를 끊어 내는 일이 녹록치 않은 것이다. 결국은 국제 사회 차원에서 정치적 해결 방안을 찾아야 한다. 그런데 이를 압박할 수 있는 것은 결국 여론이다. 유엔난민기구의 친선 대사로서 내가 하고 있는 일은 일반인들에게 난민의 고통, 그 난민들이 처한 상황을 알리는 일이다. 이를 통해 그 고통의 심각성과 함께 그 원인에 대한 관심도 커진다면, 각 국가에서 난민 문제 해결을 위한 목소리도 커질 것이라고 믿는다.

오해 6: 우리에게는 이미 보호하고 있는 새터민 같은 난민이 있다.

많이들 오해하는 게 있는데 한국에 자리 잡은 탈북민, 즉 새터민은 난민이 아니다. 대한민국 국민이다. 대한민국 헌법은 한반도 전체를 대한민국의 영토로 규정하고 있기 때문에 북쪽에 있는 사람들 역시 헌법상 대한민국 국민이다. 다만 분단이라는 특수한 상황 때문에 아직 대한민국 국적을 부여하지 못했을 뿐이다. 그러므로 대한민국 정부가 관할하는 영역에 들어오는 즉시 국적을 부여받고 정착을 지원받는 등 국민의 자격을 누리게 된다.

다만, 한반도를 벗어나 다른 곳에 임시로 머무르고 있는, 그래서 언제 북한으로 강제 송환될지 모르는 탈북민이 있다면, 이들은 난민이라고 할 수 있다. 우리는 계속 북한 인권 문제에 관심을 가져 왔고, 이들 탈북민이 북한으로 강제 송환되면 생명 등에 위협을 받을 수 있기 때문에 강제 송환도 반대해 왔다.

예멘 난민 신청자에 대해 강제 송환을 반대하는 이유도 이와 똑같다. 그들이 예멘으로 돌려보내졌을 때 그들의 안전을 보장할 수 없기 때문이다.

오해 7: 우리보다 잘사는 일본도 난민 문제에 모른 척하고 있다.

사실이 아니다. 일본도 유엔난민협약 가입국이며 선진적인 난민 심사 절차를 가지고 있는 국가다. 우리보다 앞서 난민 재정착 제도를 도입하기도 했다. 위의 오해는 일본의 난민 인정률이 우리보다 더 낮다는 점 때문에 생겨난 주장인데, 일부분을 확대해 여론을 호도하는 위험한 정보다.

일본은 매년 1억 5,000만 달러 이상을 유엔난민기구에 공여금으로 내고 있다. 국민 1인당 1달러씩 부담하고 있는 것이다. 반면 우리는 2,200만 달러로 1인당 38센트 수준이다. 경제 규모가 다르다고 하지만 일본과 차이가 많이 나는 것은 사실이다.

대한민국은 이미 경제 규모가 세계 11위인 나라다. 세계는 우리에게 그에 걸맞은 책임을 요구한다. 그렇기에 우리는 아시아 최초로 난민법도 제정하고, 그 수는 적지만 난민도 지속적으로 받아들이고 있다.

난민 문제는 국제적인 문제이고 정치적으로 해결해야 하는 문제다. 국제 정치의 영역에서 대한민국의 위상을 공고히 하는 것을 통해 우리의 목소리에 더 큰 힘이 실릴 것이고, 그것은 외교 무대에서 국익을 보호하는 데 힘이 될 것이다. 그 위상은 그저 주장만으로 되는 것은 아니다. 얼마나 국제 사회 일원으로서의 책임을 다했는가가 중요하다. 대한민국이 국제 사회의 일원으로 책임을 다할 수 있도록 국민들의 관심과 지혜가 그 어느 때보다 필요한 시점이다.

도움을 요청할 기회마저 막아서는 안 된다

제주도에 갑자기 몰려든 예멘 난민 신청자들에 대해 정부 당국에서는 일단 이들이 섬 밖으로 나가서는 안 된다는 출도 제한 조치를 내렸다. 그리고 나아가 예멘을 무비자 입국 불허 대상국에 포함시키며 더 이상 예멘 사람들이 우리나라에 들어오지 못하도록 원천 봉쇄했다. 이는 인권을 생각하면 있어서는 안 되는 일이었다. 비자로 난민 입국을 제한하는 것은 난민지위협약 정신에도 위배되는 일이다. 난민들에게 도움을 요청할 기회마저 빼앗는 결과를 초래할 수 있기 때문이다.

난민 신청자들이 언제까지고 지원에 의지해 살 수 있는 건 아니다. 그들도 어떻게든 일자리를 구해 스스로 생계를 유지해야 한다. 제주도를 찾은 예멘인 난민 신청자들의 경우, 지금은 난민 심사가 끝나 상당수가 인도적 체류 허가자로 지정되며 출도 제한이 해제된 상태지만, 당시에는 출도 제한 조치로 마땅한 일자리를 구하는 게 힘들었다.

제주도 밖으로 나갈 수 있었다면 이미 우리나라에 자리 잡은 예멘인 커뮤니티의 도움을 받으며 스스로 의식주를 해결하면서 제주도와 정부의 부담을 덜 수도 있었을 것이다. 지나친 우려 때문에 출도 제한 조치를 내릴 수밖에 없었던 점이 못내 아쉽다.

인권에는 우선순위가 없다

어떤 분들은 내게 "자국민인 대한민국 국민의 인권보다 난민의 인권이 중요하다는 이야기냐?"라고 하시기도 한다. 하지만 이것은 누가 누구보다 더 중요하고 덜 중요하고의 문제가 아니다. 인권에는 우선순위가 없다. 인간은 누구나 보호받을 권리가 있는 인격체다. 대한민국 국민의 인권도 중요하고, 예멘 난민의 인권도 중요하다.

제주도를 찾아온 500여 명의 예멘 난민은 우리 사회가 직면한 사회 문제를 드러내는 동시에, 세계 속에서 대한민국이 어떤 나라가 되어야 할지를 고민하게 하는 계기가 되었다. 아이의 안전을 걱정하는 엄마의 마음, 내 직장을 빼앗길지도 모른다는 청년의 마음을 외면할 수 없다. 그 마음을 외면하자고 이야기하는 것이 아니다. 그 마음과 난민 보호, 둘 다 충족시킬 수 있는 현명한 해법을 찾자는 것이다.

정부는 이런 국민의 불안을 귀담아듣고 문제를 해결해야 한다. 여성과 아이들의 안전을, 청년층의 일자리와 삶의 안정을 위해 더욱 분발해야 한다.

또한 국민의 입장에서는 대한민국이 국제 사회의 일원으로서 인정받을 수 있도록 우리나라가 난민지위협약을 잘 준수하고 난민법을 잘 유지해 갈 수 있게, 난민 문제를 차분하게 지켜보는 현명함을 보였으면 한다.

스마트폰, 난민에게 가장 중요한 것

제주 예멘 난민 신청자들이 스마트폰을 들고 다닌다며 가짜 난민이라고 주장하는 사람들이 있었다. 흔히 난민은 헐벗고 굶주린 사람이라는 선입견이 있다. 하지만 그들은 특별한 상황 때문에 집으로 돌아갈 수 없는 평범한 사람들일 뿐이다.

우리가 스마트폰을 필수품으로 여기듯, 난민들도 스마트폰을 필수품으로 여긴다. 아니 우리보다 더 필사적으로 챙긴다. 스마트폰이 고국에 남아 있는 가족과 연락할 수 있는 유일한 수단이기 때문이다. 가족의 생사를 확인하고 또 자신의 안녕을 전하는 가장 효과적인 수단이 바로 스마트폰이다. 또한 세상 돌아가는 것, 새로 도착한 나라에서 어떻게 살아가야 할지에 대한 정보를 얻을 수 있는 유일한 수단이기도 하다.

유엔난민기구에서 전 세계 각지의 난민과 보호 대상자를 대상으로 설문조사를 했더니 그들이 가장 중요하게 여기는 것으로 스마트폰이 꼽혔다. 밥은 굶어도 스마트폰만은 포기할 수 없다고들 한다. 그들이 난리통에 어떻게 비싼 로밍까지 해서 이곳까지 와 스마트폰을 쓸 수 있냐고 묻는 분도 계신데, 그들은 자국의 로밍 서비스를 이용하는 게 아니다. 도착한 나라에서 자신들이 가장 싸게 살 수 있는 심카드를 사서 쓴다. 그리고 가능한 곳에서는 무료 와이파이를 이용한다. 그렇기 때문에 일반 폰이 아닌 스마트폰이 필요한 것이다.

제주도에서 만난 예멘 난민들

제주포럼에 참석하러 제주도로 떠나기 전, 유엔난민기구에 예멘 난민 신청자들을 직접 만나고 싶다고 요청했다. 제주도까지 가는 데 그들을 만나지 않고 온다면 그것이 더 부자연스러운 일이라는 생각이 들었다.

　이미 제주도에 자리 잡아 이주 노동자로 일하고 있는 그들 동포의 집에 잠시 머물고 있는 예멘 난민 신청자 여섯 명을 만날 수 있었다. 그들은 모두 전문직 종사자들이었다. 기자가 둘, 컴퓨터 프로그래머와 하드웨어 엔지니어, 셰프, 심지어 전직 국가대표 사이클 선수도 있었다. 누군가는 예멘 난민 신청자들이 유명 브랜드 옷을 입었다며 가짜 난민이라고 했는데, 이들은 그저 현지에서 자기들이 입던 옷을 입고 이곳까지 왔을 뿐이다.

　이들이 고향을 떠난 이유는 내전이다. 내전이 격화되면서 정부군은 정부군대로 반군은 반군대로 성인 남성을 징집했다. 우리도 6·25전쟁 때 국군으로 징집된 사람도 있고 인민군으로 끌려간 사람도 있지 않은가. 예멘에서는 정부군과 반군 모두 성인 남성이 있는 집에서 그 성인 남성이 징집을 거부하면 가족을 볼모로 잡고 계속해서 협박한다고 한다. 자기가 원하지 않는 전쟁이기에 어느 편에도 서지 않겠다고 결심한 사람이 가족에게 부담을 주지 않기 위해서는 예멘 땅을 탈출할 수밖에 없다. 예멘 난민 신청자들의 절대 다수가 젊은 남자라며 돈벌이를 위해 온 가짜 난민 아니냐는 주장도 있었는데, 이런 배경을 알았다면 그런 오해는 하지 않았을 것이다. 기자 중 한 명은 반군에 반하는 기사를 썼다는 이유로 붙잡혀 고문까지 받다가 겨우 탈출해 온 사람이기도 했다.

제주도에 온 예멘인들은 대부분 말레이시아를 거쳐 우리나라로 들어왔다. 우리와 달리 말레이시아는 난민지위협약을 맺지 않은 나라다. 그러다 보니 비자 없이는 90일까지만 체류가 가능하다. 이들로서는 다시 예멘으로 돌아갈 수도 없고 말레이시아에 더 머물 수도 없으니 갈 곳을 찾아볼 수밖에 없다. 그들이 갈 수 있는 몇 안 되는 선택지 중에 제주도가 있었다. 제주도는 특별법에 의해 무비자로 입국이 가능한 데다, 때마침 말레이시아 국적 항공사가 제주공항으로 막 취항을 시작해 이 노선을 홍보했기 때문에 이 정보를 접한 예멘인들이 제주행을 택하게 되었던 것이다.

출도 제한으로 오도 가도 못하는 상황 속에서 가지고 온 돈이 떨어진 예멘 난민 신청자들은 길거리로 내몰리는 상황이 되었다. 상황이 이렇게 되자 정부는 특별 취업 허가를 내주었다. 원칙상 난민 신청자는 신청일 기준으로 6개월 이후에나 취업이 가능했지만, 그들에게는 6개월을 버틸 여력이 없었기 때문에 정부가 내린 조처다. 그들이 얻게 된 일자리는 우리나라 사람들이 일반적으로 일하기를 꺼려 하는 양식업, 어업, 요식업 등이었다. 취업 설명회 등을 통해 예멘인 400여 명이 바로 취업했을 정도로 제주도는 3D 업종 일손이 부족하기도 했다.

제주 예멘 난민 신청자를 둘러싼 논쟁은 한 달이 지나도 두 달이 지나도 계속되었다. 난민을 혐오하고 난민에 대한 불안감을 조성하는 가짜 뉴스 역시 좀체 가시지 않았다.

문제는 이러한 난민에 대한 혐오 정서가 여론을 호도한다는 것이다. 정부도 이런 여론을 의식하지 않을 수 없으니 적극적으로 난민 보호에 나서기 힘들었을 것이다. 총 412명에 대해 인도적 체류 허가 결정을 내린 것도 그런 맥락으로 보인다. 난민 지위 인정을 기대했던 입장에서는 아쉬운 결과였지만, 그래도 최소한의 보호 조치는 내려진 것이니 정부가 할 수 있는 가장 현실적인 결정이었겠다는 생각도 들었다.

인도적 체류 허가를 받은 예멘인들은 제주도를 떠나 일자리를 얻을 수 있게 되었다. 당장의 생계는 해결할 수 있게 되었지만 이는 어디까지나 1년 동안만 가능하다. 1년 후 이들은 허가를 갱신받아야 한다. 범죄 등을 저지르지 않으면 웬만하면 갱신이 된다고 하지만, 3년에 한 번 갱신받는 난민에 비하면 이들의 불안정성은 크다.

7장

난민의 길을 따라서

2018년 11월
지부티와 말레이시아

2018년 봄, 제주도에 500여 명의 낯선 이방인이 도착했다. 사람들 사이에 의심이 싹텄고, 의심은 불안으로 변했다. 불안은 결국 혐오와 배척으로 이어졌다. 이들이 목숨을 걸고 떠나왔다는 나라 예멘에 대해, 그곳에서 벌어지는 복잡한 내전에 대해 우리는 잘 알지 못했다. 이 이방인들이 왜 한국이라는 먼 나라를 찾아왔는지, 그들이 인정받으려는 난민 지위가 무엇인지도 명확히 알지 못했다.

뜨거웠던 여름이 지나면서, 무언가를 더 해야 한다는 생각이 들었다. 댓글을 읽고 그 배경을 이해하려 노력하는 것도, 인터뷰를 통해 계속해서 난민 문제에 대한 이해를 촉구하는 것도 중요한 일이었지만, 무언가 더 해야 한다는 생각이 그치지 않았다.

유엔난민기구 측에 예멘 방문을 제안했다. 예멘 난민들이 겪는 아픔을 있는 그대로 전달할 수 있다면 우리 사회의 구성원들도 그들을 마냥 혐오의 시선으로만 대하지는 않을 거라는 생각에서였다.

하지만 예멘에 갈 수는 없었다. 한창 내전 중인 예멘은 대한민국 여권법에 의한 흑색경보(여행금지) 국가로 지정되어 있었다. 굳이 가려고 한다면 외교부의 허가를 받고 방문할 수는 있었지만, 무엇보다 너무 위험했다. 나뿐 아니라, 유엔난민기구에서도 감당해야 할 리스크가 너무 컸다.

예멘에 직접 가 볼 수는 없었지만, 어떻게든 그들의 상황을 날 것 그대로 전해 보고 싶었다. 그러다 떠오른 아이디어가 예멘 난민들이 예멘을 탈출해 제주까지 온 경로를 밟아 보는 것은 가능하지 않을까 하는 것이었다. 얼마간의 논의 끝에 계획이 확정되었다. 그렇게 지부티 방문이 결정되었다.

작고 가난하지만 난민을 환대한 지부티

1977년에 프랑스로부터 독립한 아프리카의 지부티는 인구 97만 명의 작은 나라다. 동아프리카에 위치한 지부티는 홍해를 사이에 두고 예멘과 마주하고 있다. 수만 명의 예멘인들이 2015년에 발발한 내전을 피해 제일 처음 거쳐 간 국가다.

지부티는 세계 최빈국 중 하나이면서도 3만 명 가까운 난민을 최선을 다해 보호하고 있는 관대한 나라이기도 하다. 예멘 난민 4,500명은 수년째 집으로 돌아가지 못한 채 이곳에 머물고 있다.

지부티 정부가 난민 인정을 어렵지 않게 해 주었지만 나라가 워낙 작고 가난하다 보니 난민들이 일자리를 구하기가 힘들었다. 그래서 난민들은 지부티를 떠나 말레이시아로 가게 된 것이고, 거기에서도 오래 있을 수 없어 제주도로 오게 된 것이다.

난민 인정을 어렵지 않게 해 준다는 것에서부터 지부티 사람들의 마음이 열려 있다는 것을 알 수 있었다. 자기들 삶도 넉넉지 않은데, 무엇을 더 나눌 수 있을까 하며 예멘 난민을 걱정하는 사람들이었다.

수도(수도 이름도 지부티다.)에서 배로 한 시간 정도 북쪽으로 가면 나오는 오복이라는 작은 항구가 있다. 인구가 8,000명쯤 된다는데 이곳에 마르카지 캠프가 있다. 도시 규모도 작고 주민들의 삶도 넉넉하지 않아 정부에서 캠프를 옮기려 했는데, 이곳 주민들은 "이 지역에 있는 것을 나눠서 살 수 있다."라며 캠프를 옮기지 말아 달라고 요구했다. 결과적으로 지역 경제도 조금 더 나아졌다고 한다. 어떤 선진국 사람들보다 인간의 존엄성을 더더욱 존중하는 모습이 아닌가 싶다.

반드시 행복의 시간이 기다린다

마르카지 캠프에서 로자를 만났다. 열아홉 살 로자는 내전으로 택시 기사였던 아버지를 잃었다. 어머니는 자식들의 목숨만은 지키겠다며 아이들을 이끌고 2015년에 예멘의 수도 사나를 탈출했다. 그렇게 로자와 어머니, 오빠 그리고 두 동생은 지부티의 작은 항구 도시 오복에 자리한 마르카지 난민 캠프에 도착했다.

로자가 어머니 그리고 네 명의 남매와 함께 살고 있는 작은 거처에 들어섰다. 가장 먼저 눈에 띈 건 집 안 한쪽에 쌓아 둔 각종 책이었다. 우리는 난민이 삶을 유지하는 데 가장 필수적이고 기본적인 것들만 원할 것이라고 생각하기 쉽지만 이는 편견이다. 치과 의사, 교사, 국제기구 직원, 비행기 조종사를 꿈꾸는 아이들이 가장 필요로 하고 소중히 여기는 것은 배움을 이어 갈 수 있는 책이다. 학교에서가 아니라 책을 통해 영어와 노르웨이어를, 그리고 계속해서 꿈을 꿀 수 있는 방법을 배운 로자는 놀라운 사실을 한 가지 더 알고 있었다.

로자는 아버지의 유일한 유품인 운전면허증을 보여 주다 눈시울을 붉혔다. 신장이 좋지 않은 아내의 약과 아이들이 먹을 것을 구해 곧 돌아오겠다던 아버지. 하지만 로자는 금세 다시 또렷해진 눈망울로 이렇게 말했다. "평생 슬프기만 한 사람은 없어요."

평생 지속되는 슬픔과 고통은 없다는 것, 역경과 인고의 시간 뒤에는 반드시 그 보답인 행복이 기다린다는 것. 소녀는 책을 통해, 또 아버지와 나라를 잃었던 참혹한 경험을 이겨 내면서 일찌감치 이 진실을 깨우치고 있었다. 나는 잠시 아무 말도 할 수 없었다.

어른들의 잘못으로 너무 빨리 성숙해져 버린 아이를 보는 것은 언제나 미안하고 부끄러운 일이다.

로자에게는 내전으로 파괴된 자신의 국가 예멘, 한여름이면 기온이 50도까지 오르는 작은 인접국 지부티가 세상의 전부다. 소녀에게 한국은 온전히 바깥세상이다. 그곳에서 자신과 같은 사람들의 처지를 듣고 다시 바깥세상에 전하기 위해 온 내게 로자는 감사하다고 했다. 나는 소녀와 다르지 않은 이유로 제주도로 피신했을 예멘인 500명에게 우리가 보였던 반응이 떠올라, 그 감사 인사를 온전히 받을 수가 없었다.

내 마음을 알 길 없는 로자는 여전히 따뜻한 얼굴로 말했다. "대한민국은 친절하고 관대한 나라라고 들었어요. 아저씨가 돌아가서 전해 주세요. 우리는 스스로 원해서 예멘을 떠나지 않았어요. 우리가 원하는 것은 단 한 가지예요. 평화가 돌아온 조국으로 돌아가는 거예요. 그날까지 계속해서 공부하고 일을 하면서 미래를 꿈꾸고 싶어요."

"국제 사회는 우리를 잊은 것입니까?"

파와즈는 아내, 세 자녀와 함께 마르카지 난민 캠프에 살고 있다. 그는 예멘에서 두 번이나 죽을 고비를 넘겼다. 몇 걸음 앞에 주차

된 차량이 눈앞에서 폭발하는 것을 목격하고는 바로 다음 날 피란을 결심했다. 아이들이 죽을 수도 있고, 그 죽음이 덧없는 것이라고 생각하자 더 이상 참을 수 없었다.

난민 캠프 안에 있는 고등학교에서 영어를 가르치고 있는 파와즈에게 난민 캠프에서의 삶은 답답하고 제한적이다. 특히 의료 환경이 좋지 않아 언제 찾아올지 모를 질병에 대한 두려움, 그로 인해 가족을 부양하지 못하게 될 것만 같은 불안이 늘 엄습한다. 하지만 지부티에서는 최소한 죽음의 위협에서는 벗어날 수 있다.

파와즈가 물었다. "우리 모두 지부티 정부에 감사하고 있습니다. 지부티도 많은 어려움을 겪고 있기 때문에 국제 사회의 지원 없이는 계속해서 우리를 보호하기 어려울 것입니다. 당신에게 묻고 싶습니다. 국제 사회는 우리를 잊은 것입니까?"

파와즈는 수도 지부티로 돌아가는 항구까지 배웅을 나왔다. 마치 우리가 자신을 잊지 않기를 바라듯 멀어지는 우리의 배를 오래도록 바라보았다.

지부티에서 말레이시아로

제주도에 도착한 예멘 난민들의 경로를 따라, 지부티를 떠나 말레이시아로 향했다. 말레이시아는 예상과는 다른 방식으로 난민을 보호하고 있었다. 말레이시아는 우리나라와 달리 유엔 난민지위협약 가입국이 아니고 독자적인 난민법을 가지고 있지도 않다. 그렇다고 그들이 난민을 보호하지 않는 것은 아니었다.

말레이시아는 공식적으로는 그 누구도 난민으로 인정하지 않는다. 그럼에도 다양한 국적의 난민 16만 2,000여 명이 말레이시아에 체류하고 있다. 말레이시아에 도착하는 난민들은 유엔난민기구의 심사를 거쳐 일종의 난민신분증을 받는다. 유엔난민기구의 신분증을 소지한 난민이라면 취업 활동 등을 이유로 체포되는 경우는 거의 없다. 난민지위협약에 가입한다든지, 난민보호법을 발효한다든지 하는 정책을 취하지는 않지만, 말레이시아처럼 말없이 실질적으로 난민을 보호하고 포용하는 국가도 많다는 사실을 깨달았다. 난민을 보호해야 하는 이유를 들어야 할 때마다 난민지위협약과 난민법을 내세우곤 했던 내게 매우 중요한 경험이었다.

"우리도 반드시 당신들을 도울 것입니다."

쿠알라룸푸르에서 만난 압둘살람의 가족은 도시난민으로 살아간다. 난민지위협약 가입국이 아닌 말레이시아에는 별도의 난민 캠프가 없다. 압둘살람은 2015년 5월 여섯 식구와 함께 예멘을 탈출했다. 이슬람 시아파 후티 반군 점령 지역에서 피신해 간신히 국경을 넘은 가족은 사우디아라비아에 도착했지만 열흘 뒤 출국 통보를 받았다. 이집트에서 유학 생활을 했던 압둘살람은 이집트행을 원했다. 하지만 비자 발급까지는 21일이 필요했다. 압둘살람은 자신이 일했던 예멘 관광청에서 말레이시아 홍보 DVD를 본 적이 있었다. 도착비자 발급이 가능한 말레이시아라는 나라는 당시 가족이 택할 수 있는 거의 유일한 선택지였다.

　말레이시아에 도착한 압둘살람은 보수나 고용이 안정적인 직업을 구할 수 없었다. 열악한 환경이지만 압둘살람은 통·번역 일을 하며 집세와 생활비, 자녀들의 교육비를 감당하고 있었다. 말레이시아의 의료비는 외국인에게 비싼 편이다. 대신 유엔난민기구와 보건 당국의 협의로 이들은 의료비의 50퍼센트를 지원받고 있다. 네 살배기 막내 아마르를 제외한 세 아들은 예멘인 공동체의 지원을 통해 인근 학교에 다니고 있다. 간혹 부족한 생활비는 공동체의 이웃과 친구들의 도움을 받아 해결하기도 한다. 도움이 필요할 때 십시일반 힘을 모아 어려움을 헤쳐 나가는 모습은 외국의 한인 교민 사회 모습과 크게 다르지 않을 것 같았다. 난민 역시 해외의 자국민 공동체를 통해, 낯선 사회에 통합되고 또 자립하기 위한 도움을 받고 있었다.

　압둘살람은 말레이시아 생활에 비교적 만족하면서도 한국에 도착한 예멘인들을 부러워했다. 공식적으로는 말레이시아에 아무런 법적 지위 없이 체류하고 있는 자신과 달리 한국에 있는 사람들은 '난민'이라는 특정한 신분을 부여받을 것으로 알고 있었기 때문이다. 다른 이유는 없었다.

내가 그동안 만나온 대다수의 난민에게 이들이 체류하게 될 나라의 이름과 빈부는 중요하지 않았다. 이들에게 가장 중요한 것은 죽임을 당하거나 박해받을 위험이 있는 본국으로 송환되지 않는 것이다. 그리고 이러한 강제 송환의 위험으로부터 자유로울 수 있는 보다 안정적이고 분명한 신분, 즉 '난민'이라는 자격을 인정받을 수 있는 나라로 가는 것이다. 압둘살람은 한국이 대다수 예멘 출신 난민신청자에게 인도적 체류 허가를 내준 것에 대해 다행이라면서도 간곡한 당부의 말을 잊지 않았다.

"나의 나라 예멘은 파괴되고 있습니다. 그 누구도 지금 예멘으로 돌아갈 수는 없습니다. 어려움에 처한 사람을 돕는 것은 인간의 본성입니다. 한국인들이 위험에 처한다면 우리도 반드시 당신들을 도울 것입니다."

"우리와 눈을 맞추고
우리의 이야기를 들어 주세요."

압둘살람과 헤어진 뒤 유엔난민기구 말레이시아대표부에서 예멘 난민 공동체를 대표해 회의에 참석한 다섯 명의 예멘인과 만났다.

이곳에 도착한 지 짧게는 2년에서 길게는 8년까지 된 이들은 모두 내전이 장기화되는 것을 우려했다. 이들 중 어느 누구도 이렇게 오랜 시간이 흘러서까지 자국으로 돌아갈 수 없을 거라고 생각하지 못했다. 6개월에서 1년 정도의 난민 생활을 예상하며 최소한의 재산만을 챙겨 온 이들의 저축은 이미 동이 났다. 취업의 어려움, 자녀 교육 문제, 불안한 신분, 난민 생활 장기화, 자국에서 들려오는 비보 등 그 모든 것이 이들의 어깨를 짓누르고 있었다.

출발할 때보다 결코 더 가볍지 않은 심정으로 한국으로 돌아왔다. 난민의 입장을 헤아리기 결코 쉽지 않은 한국 국민들에게 어떤 방식으로 설명하는 것이 좋을지 아직 확실한 방법을 찾지 못하고 있다. 그저 이렇게 잠시라도 그들이 처한 암담한 현실을 가까이 보고 와서, 내가 본 실상을 설명하는 기회를 갖는 것이 내가 할 수 있는 전부인지도 모르겠다.

우리가 어쩌면 잘 몰랐고 또 크게 관심을 두지 않았던 국가였지만, 그들은 모두 한국을 잘 알고 있다. 국제 사회에서 한국은 우리가 생각하는 것보다 훨씬 더 높은 위상을 가지고 있다. K팝과 드라마·영화, 삼성과 LG, 현대와 기아 등등. 이들에게 한국은 세계적으로 최단 기간에 눈부신 경제 성장을 이룩한 나라이자, 문화가 풍부하면서 근면 성실한 사람들이 살고 있는 국가다. 목숨을 건 피란을 선택한 난민을 수용할 수 있는 충분한 능력과 의지를 가진 나라다.

생각해 본다. 우리가 미래 세대에 물려주고 싶은 대한민국은 어떤 나라일까? 전쟁과 실향의 역사를 딛고 한반도 평화 수립을 위한 발걸음을 내디디면서, 동시에 우리에게 보호를 요청하는 사람들을 외면한다면, 그것이 과연 우리가 미래 세대에 이야기할 수 있는 떳떳한 대한민국일까.

난민은 국제적인 보호를 필요로 하는 사람이라면 누구에게나 평등하게 부여되어야 하는 신분이다. 국제 사회는 이 신분을 법적으로 보장하고 있다. 인간에게 권리를 부여함에 있어 차별이 있을 수 없다. 모든 인간에게 평등한 권리를 보장할 때, 나의 인권도 보장받을 수 있는 것이다.

난민의 역사는 약자의 역사다. 여러 면에서 우리의 역사와도 많이 닮아 있다. 제국주의와 냉전시대를 거쳐 독립과 분단, 그리고 정치적 갈등으로 인한 내전에 이르기까지. 그 안에서 가장 큰 시련과 아픔을 겪는 것은 무고한 시민이라는 것도 우리는 이미 잘 알고 있다. 우리의 역사는 우리에게 이들을 보호해야 하는 이유를 여러 차례 보여 주었다.

일정의 마지막 날에 만난 예멘 난민 공동체 대표 모하메드의 말이 여전히 기억에 남는다. "예멘과 예멘 사람들에 대해 알고 싶다면 뉴스와 다른 이들의 말보다 먼저 우리와 눈을 맞추고 우리의 이야기를 들어 주세요. 예멘 안에서 어떠한 일들이 벌어지고 있는지, 어째서 예멘인들이 사랑하는 조국을 떠날 수밖에 없었는지 예멘인들보다 더 잘 아는 사람이 이 세상 어디에 있겠습니까."

인구 97만의 작은 나라 지부티. 그 안에서도 인구 8,000의
작은 도시 오복. 정부가 오복에 있는 마르카지 난민 캠프를 이전하려 하자
"이 지역에 있는 것을 나눠서 살 수 있다."며 캠프 이전에 반대한
지역 주민들의 모습을 보면, 경제적 풍요만으로 선진국과 후진국을
구분할 수 있을까 하는 의문이 떠오른다.

난민은 특별한 사람이 아니다.
평범하지 않은 상황에 놓인 평범한 사람일뿐이다.

epilogue

서울 아주중학교에 다니는 학생들은 최근 큰일을 겪었다. 이란 출신 친구 민혁이(한국 이름, 이란 이름은 비공개)가 난민 인정이 불허되면서 강제 송환될 위기에 처했기 때문이다. 강제 송환되는 것만으로도 고초를 겪을 텐데, 민혁이는 이슬람교에서 금기하는 개종을 했기 때문에 이란으로 돌아가면 율법에 따라 사형을 당할 수도 있다. 민혁이의 친구 김지유, 박지민, 최현준 학생은 그 이야기에 막막했다. 무엇을 해야 할지, 무엇을 할 수 있을지 아는 게 없었다. 난민에 대해 아는 거라고는 제주도 예멘 난민 신청을 두고 벌어진 갑론을박뿐이었다. 세 학생을 중심으로 아주중학교 학생회는 청와대에 국민청원을 했다. 청와대 앞에서 릴레이 1인 시위도 하고 집회도 열었다.

다행히 민혁이는 난민 지위를 인정받았다. 하지만 사람들이 이들을 마냥 좋게 본 것은 아니었다. 나한테 쏟아졌던 비판과 비난은 이 열여섯 살 학생들에게도 똑같이 쏟아졌다. 특히 어리다는 이유로 얕잡아 보는 경우도 많았다. 이 학생들의 이야기를 전해 들으면서 쉽지 않은 일임에도 기꺼이 나선 그들의 용기를 찬사하고, 그 나이에 굳이 받지 않아도 될 싫은 소리를 묵묵히 견뎌낸 그들의 인내에 박수를 보냈다.

지부티와 말레이시아를 다녀온 후 허프포스트코리아의 주선으로 그 학생들을 만났다. 꽤나 긴장한 모습이 역력히 느껴지는 아직 어린 청소년들이었지만, 그들의 말에는 결기가 있었고 눈매에서는 진지함이 느껴졌다. 로자 등 지부티에서 만난 난민들이 바라는 것을 이야기해 주면서 한 가지 질문을 건넸다. "너희들은 만약 난민이 된다면 무엇을 챙겨 떠나겠니?"

저마다 기타, 성경책, 현금, 스마트폰 등을 거론했다. 기타를 치면서 음악으로 같은 처지에 있는 사람들을 위로하겠다는 학생의 말에, 실제로 난민 캠프에서도 많이 그렇게 하고 실제로 효과도 좋다는 이야기를 해 주었다. 내게도 똑같은 질문이 되돌아왔다.

"두꺼운 옷 한 벌, 튼튼한 신발 한 켤레, 심카드를 구매할 수 있을 정도의 현금 그리고 스마트폰. 이거 없으면 안 돼요."

누구나 난민이 된다면 가장 중요하다 싶은 것부터 챙길 것이다. 챙길 수 있는 최대한의 현금과 전화기를 비롯해 자기가 중요하다 싶은 것.

학생들과 난민에 대해 이야기를 나누며 들었던 말 중에 인상적이었던 표현이 있다. 하나는 "우리 친구 민혁이…"라는 말, 다른 하나는 "누구나 난민이 될 수 있잖아요."라는 말이다. 이들은 다른 나라에서 온 민혁이를 친구로 인정하고 그를 돕기 위해 힘든 길을 나섰다. 이것은 아주 중요한 이야기다. 난민은 남이 아니다. 생판 모르고 언어도 풍습도 다르다고 해도 이 지구에서 함께 살아가는 사람들이다. 또 우리도 얼마든지 난민이 될 수 있다. 비단 전쟁이나 내전이 아니더라도 천재지변으로 최악의 상황에 빠질 수도 있다.

학생들도 제주도에서 처음 난민 문제가 거론되었을 때만 해도 그냥 흘려 넘겼었고, 심지어 예멘 사람들을 의심했다고 한다. 하지만 정작 민혁이를 통해 난민 문제가 자신들의 문제가 되자 그를 돕기 위해 공부했고, 그들이 만난 진실이 세상에 알려져 있던 것과 많이 다르다는 사실을 알게 되었다. 결국 그들은 견디기 힘든 순간을 극복해 냈다. 옳다고 여기는 것을 실천하고 역경에 부딪혀도 이겨 온 그들에게 내가 무엇을 더 말하겠는가.

헤어지며 어쩌면 뻔해 보일지도 모르는 말을 보탰다. 그럼에도 이 말은 유엔난민기구 친선대사로서 내가 가장 많이 하는, 그리고 가장 중요하다고 생각하는 말이다. "난민 문제는 인권 문제예요. 인권은 종교도 민족도 초월한 모든 사람의 평등을 이야기하는 거죠. 여기에 차등을 두면 안 돼요."

인권, 평화, 사랑. 어쩌면 너무 당연하고, 그래서 때론 너무 막연하게만 느껴지기도 하는 단어다. 하지만 난민과 만나고 난민 문제를 접하며 이 단어의 소중함에 대해 더욱 크게 느끼고 있다.

내가 친선대사로서 하는 일은 난민들이 처한 상황을 널리 알리는 것이다. 당장의 재난적 상황을 견디기 위한 물자 지원 등이 긴급한 일이기는 하지만, 난민이 처한 상황의 궁극적인 해법은 '평화'다. 폭압과 전쟁 등이 없다면 난민 역시 생겨나지 않을 것이기 때문이다. 그 평화를 위한 여론을 만드는 것이 내가 궁극적으로 해야 할 일이라고 생각한다.

지구상의 그 많은 분쟁을 보며, 또 차별과 배제의 언행을 접하며 '사랑'에 대한 생각도 하게 된다. 다른 인종, 다른 민족, 다른 종교를 배타적으로 대하면서 어떻게 우리 아이에게 "너는 세상의 모든 사랑을 받을 자격이 있어." 또는 "너는 세상을 사랑해라."라고 말할 수 있겠는가.

유엔난민기구 친선대사로 활동하면서 부쩍 존 레논의 노래 〈이매진Imagine〉을 즐겨 듣게 되었다. 그는 국가가, 종교가, 소유가 없는 세상을 노래했다. 그런 것들이 없으면 살인도 증오도 굶주림도 없이 모두가 평화롭게 온 세상을 함께 살아갈 수 있다고 노래했다. 그가 노래를 만들 때도 그랬고, 지금도 그렇듯이 국가와 종교 그리고 소유가 없는 세상을 바라는 것은 몽상가의 한낱 꿈일지도 모른다.

하지만 끝없는 절망 속에서도 희망을 잃지 않고 언젠가는 집으로 돌아가기를 바라는 난민들의 모습에서, 그런 난민들을 위해 그들 곁에서 헌신하는 유엔난민기구 직원의 모습에서, 그리고 이 세상 어디엔가 있는 난민들이 좀 더 나은 삶을 누리고 결국엔 그들이 자신의 집으로 돌아가기를 기원하며 후원에 나서는 시민들의 모습에서, 존 레논이 몽상가만은 아니었다고, 그는 혼자가 아니었다고 확인하게 된다.

나 역시 상상한다. 우리 모두가 서로를 더욱 사랑하고 존중하는, 보다 나은 세상을.

홍세화
(장발장은행장, '소박한 자유인' 대표)

이 책을 만나고 무척 반가웠다. 난민에 대한 한국 사회 구성원들의 몰이해와 배타적 인식이 달라져야 한다고 절감해 온 나에게 긴 가뭄 뒤 단비를 만난 느낌이 들었다. 책을 찬찬히 읽었는데 유엔난민기구 친선대사로서 자신의 경험을 진술하고 겸손하게 피력한 점도 돋보였다. 그는 이렇게 말한다.

"누구라도 난민촌에서 난민들을 만나 직접 그들의 이야기를 듣는다면, 그들을 도와야 한다는 사실과 유엔난민기구의 역할에 대해 의문을 품지 않을 것이다. (…) 그들을 만나면서 난민에 대한, 난민 문제에 대한 내 의식이 조금씩 확장되어 감을 느꼈다. (…) 하지만 내가 이런 확신을 갖기까지 특별한 경험과 시간이 필요했음을 알기에, 이런 생각을 선불리 강요하는 것 역시 경계해야 한다고 생각한다. 지금 우리에게 필요한 것은 충분한 대화이며, 이 책 역시 그

대화의 일부이길 바란다."

　실상 오늘의 한국인들은 난민과 만난 경험이 몹시 부족하다. 가까운 과거에 나라를 빼앗긴 식민지 백성이었으며 전쟁 난민이기도 했던 우리 선대의 역사조차 제대로 들여다보지 못하고 난민에 대한 인식이 부박한 것도 그 경험 부족에서 기인할 것이다. 또 이 책의 제목 '내가 본 것을 당신이 볼 수 있다면'에서부터 정우성 씨의 안타까운 심정이 배어나는 것도 그 때문일 것이다.

　20년 동안 프랑스에서 난민으로 살았던 나는 한국 땅을 찾은 난민들의 사연을 만날 때마다 "왜 유럽이나 캐나다 같은 나라에 가지 못하고 한국 땅에 왔을까?"라고 묻게 된다. 난민으로서 나는 운이 좋은 편이었다. 내가 난민 자격 심사를 받았던 곳은 프랑스 외무부 소속의 '난민과 무국적자 보호국OFPRA'이었다. 난민 관련 업무가 외무부 소관인 프랑스와 달리 한국에서는 법무부 소관이다. 이 차이는 어디서 비롯된 것일까? 난민 관련 업무의 기본 목적이 '난민 보호'에 있는가, '출입국 관리, 통제'에 있는가의 차이에서 비롯된 건 아닐까? 난민 자격 신청자가 인종·종교·국적·사회적 신분·정치적 견해 등의 이유로 귀국할 경우 박해받을 위험이 있는지의 여부, 내전 등의 상황으로 생명에 위험이 있는지의 여부를 직접 알아볼 수 있는 정부 부처는 법무부가 아니라 외무부다. 또 난민 신청자와 원활하게 소통하기 위해서도 외무부에서 관장하는 게 맞다. 한국에서 난민 관련 업무를 법무부 관할로 둔 것이, 난민을 보호하겠다는 의지보다 외국인의 출입을 통제하고 난민을 되도록 받아들이지 않으려는 의지가 반영된 것이라는 점을 부인할 수 있을까?

세상에 스스로 인종주의자라고 말하는 사람은 거의 없다. 하지만 세상은 인종주의적 언행으로 가득 차 있다. 우리는 각자의 눈으로 사물과 현상을 본다. 이방인을 위험인물로 바라보는 것은 실상 그들에게 투사된 우리 자신의 모습이다. 모르는 사람은 일단 의심의 눈초리로 보는 게 우리들 아닌가. 모르는 사람이 가진 게 없을 땐 의심에서 멈추지 않고 배척과 혐오의 눈초리로 바뀌기도 한다. 한국 사회엔 'GDP 인종주의'가 관철된다. 백인과 결합한 가족은 '글로벌 패밀리'이고, 비백인과 결합한 가족은 '다문화 가정'이다. 물신주의와 인종주의가 교묘히 결합되어 나타난 게 'GDP 인종주의'로, 우리보다 GDP가 높은 나라 사람은 받는 것 없이 올려다보고, 우리보다 GDP가 낮은 나라 사람은 주는 것 없이 깔보는 경향이 있다.

4년 전 터키 해변에 죽은 채 떠밀려 온 아일란 쿠르디라는 시리아 어린이의 사진 앞에서는 측은지심을 갖기도 하지만, 그의 아버지나 아저씨가 난민으로 이 땅에 들어오면 곧바로 위험인물로 비쳐진다. 인디언 수우족의 기도문 중에 "상대방의 모카신을 신고 1마일을 걷기 전에는 그 상대방을 판단하지 말라."는 내용이 있다. 예고 없이 이 땅을 찾아오는 이방인을 역지사지의 시선으로 바라보면 어떨까? 그는 가진 게 아무것도 없다. 돈도 없고, 직장도 없고,

거처도 없고, 친척도 없고, 아무것도 없다. 사회를 잃은 사회적 동물… 그의 손은 그야말로 빈손이다. 그런 만큼 마음은 열려 있으며 몸은 무슨 일이든 할 준비가 되어 있다. 그런데도 위험인물이 되어야 한다. 그렇다면 한 번쯤 물어야 하지 않을까? 레지스 드브레라는 정치사상가는 정치가 '공포'와 '희망'의 두 가지로 구성된다고 했는데, 오랫동안 분단 한국의 정치에 강력하게 관철돼 온 '공포 마케팅'에 우리의 인성조차 훼손된 게 아닐까 하고.

저자는 이란인 친구 민혁(한국 이름)의 난민 신청을 도왔던 서울 송파구의 아주중학교 학생들과도 만났다. 중학생들이 이방인에 대한 공포와 편견으로부터 벗어날 수 있었던 것은 그 이방인과 친구 관계로 서로 잘 알았기 때문이다. 뒤집어 말하면, 대부분의 한국 사회 구성원이 이방인들을 위협적 존재로 보고 혐오하기도 하는 것은 그들을 잘 알지 못하는 데서 비롯된 것이다. 다시금 '내가 본 것을 당신이 볼 수 있다면'이라는 책 제목이 의미심장하게 다가오는 이유다.

우리 모두의 것인 듯해 그럴까, 멀리 보이는 불빛은 따뜻하다. 그러나 가까이 갈수록 불빛의 따스함은 점차 사라진다. 모든 불빛에는 주인이 있고 문이 닫혀 있어서 접근이 불가능하다. 이방인들은 먼 곳에서 이 땅의 불빛을 보고 찾아왔지만 그 불빛은 차갑기만 하다. 이 책이 널리 읽히기를 바라는 것은, 난민에 대한 냉대와 혐오의 차가움이 환대와 친절의 따뜻함으로 바뀌는 그만큼 우리 사회도 따뜻해진다고 믿기 때문이다. 나아가 "타자의 생명을 존중하고 타자와 인격적 관계를 맺어야 '나'라는 존재의 유한성을 극복할 수 있다."는 에마뉘엘 레비나스의 말을 공유하고 싶기 때문이다.

사진 출처

2014년 11월, 레바논
ⓒ UNHCR, S. HOPPER/EU ECHO

2015년 8월, 그리스
ⓒ UNHCR, Roger Nin

2016년 5월, 레바논
ⓒ UNHCR, Jordi Matas

2017년 6월, 세르비아
ⓒ UNHCR, Jordi Matas

2017년 12월, 맹, 그리스대석
ⓒ UNHCR, Jordi Matas

2018년 11월, 카리나와 카를 레바논
ⓒ UNHCR, Jordi Matas

2019년 9월, 맹, 그리스대석
ⓒ UNHCR, Jordi Matas

내가 본 것을 당신도 볼 수 있다면

정우성이 만난 난민 이야기

ⓒ 정우성 2019

2019년 6월 20일 초판 1쇄 발행
2019년 6월 24일 초판 3쇄 발행

지은이 정우성
펴낸이 류지호 · **상무** 이영철
편집 이기선, 정회엽 · **원고정리** 신관식 · **디자인** 김효정
제작 김명환 · **마케팅** 허성국, 김대현, 최창호, 이선호 · **관리** 윤정안

펴낸곳 원더박스 (03150) 서울시 종로구 우정국로 45-13, 3층
대표전화 02) 420-3200 · **편집부** 02) 420-3300 · **팩시밀리** 02) 420-3400
출판등록 제300-2012-129호 (2012. 6. 27.)

ISBN 978-89-98602-96-3 (03810)

이 도서의 국립중앙도서관 출판예정도서목록(CIP)은
서지정보유통지원시스템 홈페이지(http://seoji.nl.go.kr)와
국가자료종합목록 구축시스템(http://kolis-net.nl.go.kr)에서 이용하실 수 있습니다..
(CIP제어번호: CIP2019021595)